幼馴染をフッたら180度キャラがズレた

はむばね

ファンタジア文庫

3030

口絵・本文イラスト　ねぶそく

幼馴染をフッたら180度キャラがズレた
OSANANAJIMI WO HUTTARA 180° CHARAGA ZURETA PRESENTED BY HAMUBANE / ILLUSTRATION BY NEBUSOKU
著 はむばね
イラスト ねぶそく

第1章　幼馴染がやってきた

「テルくんっ！」

高校の入学式からの帰り道、校門を出たところで懐《なつ》かしい声色が鼓膜を震わせた。

直後、ありえないと心の内で断ずる。

あいつが、こんなところにいるわけないいんだから。

いや……仮にいたとしても、こんな風に弾んだ声で俺に呼びかけてくるはずがない。

だって三年前、俺はあいつのことを……。

「っ……」

脳裏に蘇《よみがえ》ってきたあの時の光景を、頭を軽く振ることで掻《か》き消す。

それから、声が聞こえてきた方を振り返ると……果たして、そこにいたのは見知らぬ女子だった。より正確に言えば、見たことがないくらいに可愛《かわい》い女子だった。

ミディアムショートの髪色は、明るいブラウン。パッチリと大きな目は、俺の方へと真《ま》っ直《す》ぐに向けられている。綺麗《きれい》な線を描く鼻梁《びりょう》の下、桜色の唇が笑みを形作っていた。

健康的に日焼けした肌が、目に眩《まぶ》しく感じられる。

制服のリボンの色からして、どうやら俺と同じ新一年生らしい。入学早々制服を着崩している辺り、なかなかに良い度胸のようだ。いやまぁウチの高校って規則クソ緩いらしいし、彼女の他にも似たような格好の女子は結構いたけど。

「いやっはー、どもども！　ザ・感動の再会ってやつですねぇ！　映画ならまさにここがクライマックスシーン！　全米も大号泣ですよ！　テルくんも、遠慮なく泣いてくれてオッケーですからねっ！　あっ、でも残念ながら私の涙はお預けですっ！　女の涙は武器なので、こんなところで安売りするわけには参りませんっ！」

さて問題は、そんな見知らぬ美少女がなぜ俺にこんなクソハイテンションで話しかけてきているのかってことなんだけど……まぁ、たぶん俺の自意識過剰だな。『テル』なんてあだ名はありふれたもんだし、きっと近くに彼女の知り合いでも……。

「…………は？」

いや、違う。

違う違う違う！

見知らぬどころか……！

えっ、ていうか、嘘《うそ》、マジで？

なんで？

なんで、六華が、こ、こにい、る？

確かに、印象はガラッと変わった。でも、面影はある。見間違えるはずはない。

なにせ、物心ついてからずっと一緒にいた幼馴染だ。

いや、幼馴染だ、った、と言うべきか。

いやいや、そんなことより今はなんで六華《りっか》がここにいるのかってことで……。

「おりょりょー？　テルくん、フリーズしちゃってどうしましたー？　愛《いと》しの六華ちゃんですよー？　ほらほら三年ぶりのこのお顔、よーくご覧くださいっ？」

ていうか、近いなコイツ⁉

なんで目の前まで寄ってくるんだよ⁉　睫毛《まつげ》長っ⁉　それは昔からか！

って、そうじゃなくて……！

「六華……だよな？」

疑問の言葉は思わず口を衝《つ》いて出たもので、考えた結果ではなかった。

「あっはー、だからそう言ってるじゃないですかー！」

六華は、ニッコーと明るく笑う。

「ただ白馬の王子様を待ち続けるだけのお姫様なんてナンセンス！　運命の赤い糸を力ずくで手繰り寄せる系美少女、貴方《あなた》の月本《つきもと》六華です！」

そして、横にしたピースサインを右目の前に持ってくるという謎のポーズを取った。

「おま、えっ……なんでここに……⁉」

俺の頭は未《いま》だ絶賛混乱中で、脳内に浮かんでいた疑問がそのまま飛び出す。

「そりゃ、テルくんを追っかけてきたに決まってるじゃないですか？」

「なっ……⁉」

「ていうか今の、『自分で美少女って言うなよ！』とかツッコミ入れてくださいよー。私が自信過剰の馬鹿みたいじゃないですかー。あっ、でもでも！『貴方の』って言葉を否定しないってことはぁ……やっぱり、私はテルくんのモノってことでいいんですねっ？」

「いいわけあるか！」

これもまた、反射的に出てきた否定の言葉だった。

「だって俺は三年前、お前のことを……！」

また、脳裏にあの時の光景が蘇ってくる。

「こっぴどく、フッただろうがよ！」

第2章　幼馴染の変わりよう

あの時の選択が間違いだったとは、今でも思ってない。

三年前……天野《あまの》照彦《てるひこ》、十二歳の時のことだ。

「テルくん……あのね」

その子は、『雪』を表すその名の通りに白い肌を上気させていた。

「わ、私ね、テルくんのことが……」

小学校の卒業式を終えた後の、人気《ひとけ》のない校舎裏で。

「えっと……あの……その……」

オドオドと、何度も視線を左右に彷徨《さまよ》わせ。

「すっ……すっ……すっ……」

まるで呼吸困難にでも陥っているかのように、何度も口をパクパクさせた後。

「好き、なの……」

彼女は、そう口にした。

「ずっと、ずっと……すっ……好き、だったの……」

俺にとっては、人生で初めて受けた『告白』だった。

「い、いつも一人でいた私に……『一緒に遊ぼう』って手を差し出してくれたあの日から……たぶん、ず、ずっと、好き……自覚したのは、もうちょっと後だったけど……」

相手は、幼馴染の月本六華《つきもとりっか》。

「あの……あの、ね……」

黒髪を丁寧に三編《みつあ》みにした、地味な髪型。長い前髪によって、大きなメガネの半分近くが覆われている。更に今みたいに俯《うつむ》いてたら、こちらからはほとんど目は見えない。

もっとも、俯き気味なのはいつものことだけど。

「いつも、皆《みんな》を笑わせようとしてくれるところが……す、好き」

今日に限らず、声は小さくて慣れてないと聞き取るのに苦労する。いかにも気弱そうにオドオドとした態度なことが多いんだけど、でも笑うと凄《すご》く可愛い。

そんなギャップにやられている男子は多かった。

「し、失敗を笑われたって怒らない、とことか……ね」

俺もまぁ、その一人ではあったんだろう。

「いつだって、笑顔で……」

六華とは物心付いた頃からずっと一緒だったけど、少なくとも最初の頃は妹分みたいなものだと思っていたはずだ。それが、恋心に変わったのはいつのことだったんだろう。

「あの……それで……誰からのどんな頼み事だって、断らなくて……」

たぶん、ハッキリとしたきっかけなんかはなかったんだと思う。

気がつけば、六華のことが好きなんだと自覚していた。

「と、とにかく……好きで……！」

そして、どうやら六華も俺のことが好きらしい。

「だから……ね……」

つまり、両思い。

「私、と……」

やったね、ハッピーエンドだ。コングラッチュレーションズ。

「その……あの……」

……とは、ならなかった。

「私と……つ、付き合ってください……！」

こちらへと差し出された手を取らないことは、既に俺の中で決まっていたから。

「俺は……」

理由は……結局のところ、俺が弱かったからってことに尽きるんだろう。

「俺、は……」

いずれにせよ、俺が返した答えは。

「……俺は、六華とは付き合わない」

だった。

「六華とは……付き合えない」

言い直したことに、さしたる意味はなかったと思う。あえて意味を見出《みいだ》すとするならば、次の言葉を口にするのを出来るだけ先延ばししたかったからなのかもしれない。

それでも、言う必要はあった。下手に、変な希望みたいなのを残さないために。

六華に、ちゃんと嫌われるために。

「俺は……六華のこと、好き……じゃない、から」

言った瞬間に、ズキンと胸が強く痛んだ。

「……そっ、か」

六華から返ってきた言葉は、それだけだった。

そして、それが最後に聞く六華の声になった。

ポタポタポタッ。メガネを伝って、大粒の涙が地面に落ちていく。

その光景を目にした時の胸の痛みは、さっきとは比べ物にならないものだった。

ごめん。喉元まで出かかったそんな言葉を、どうにか飲み込む。
謝れば、きっと優しい彼女は俺のことを許してしまう。
そんなことが、あっていいはずはない。
俺は、自分の弱さを理由に六華を傷つけた。
だから、許されてはならない。
せめて、最後は……下手に希望なんて残さないよう、このまま黙って立ち去ろう。
さようなら、六華。その言葉も、口には出さない。
俺は、その春に県外へ引っ越すことが決まっていた。親の仕事の都合ってやつだ。
六華が告白してきたのも、たぶんそれがきっかけだろう。
引っ越しは翌日。もう、二度と会うことはない。
……もしも。
もしも、俺が本当に六華が思っているような人間だったなら。
もっと、違う結果になっていたんだろうか。
わからないし、そんな仮定は無意味だ。
だけど……せめて。
変わろう。

六華に胸を張れるような自分になれるよう、努力しよう。

見ていてくれ、だなんて言うつもりは欠片《かけら》もない。

そんな資格は、もう俺にはない。だから、これは俺の勝手な決意だ。

◆　◆　◆

なんて思って、最後の別れを済ませた……はず、なんだけど。

「あっはー！　テルくん、過去は振り返っちゃ駄目ですよ！　今を生きましょう！　ところでせっかくの再会ですし、昔の思い出話でもしません？」

「前後の文で矛盾するなよ」

いや、じゃなくて。

えっ、なんでこいつ普通にいるの？　なんで普通に話しかけてきてんの？

もしかして、なんか世界線とかがズレた？

もしくはさっきの記憶、実は俺の脳内だけに存在する捏造《ねつぞう》エピソードだったりする？

「いいですねぇ、テルくんのその冷めた視線！　私、身体《からだ》が熱くなっちゃいます！」

うん、まぁ、というか……疑問点は、めちゃくちゃいっぱいあるんだけども。

「お前……そのキャラ、何……？」

とりあえず、それを尋ねずにはいられなかった。

「おっと、そこに気付くとは流石《さすが》テルくん！　そうなんです！　実は私ぃ……」

少し溜《た》めた後、六華はビシッと敬礼の姿勢を取る。

「敬語キャラになったのです！」

「いやそこも気にはなったけど、もっと根本的なとこだわ」

思わず素でツッコミを入れてしまった。

「なんていうか……前は、そんなテンションじゃなかったよな？」

一つ深呼吸してから、改めて尋ねる。

見た目も、ガラッと変わった。最初、幼馴染《おさななじみ》を見知らぬ美少女だと認識したほどに。

けどそれ以上に違和感がある……というか違和感しかないのが、そのテンションだ。

三年前までのこいつは、ザ・文学少女って感じの雰囲気だった。容姿も、性格も。

「ですよねっ！　前は私、もっと超ハイテンションって感じでしたもんねー！」

「逆だわ。真逆の印象しかねーわ」

「でもでも、おはようからおやすみまで常に叫んでたでしょう？」

「やっぱり、俺の記憶は何者かによって改竄《かいざん》でもされてるのか……？」

「えっ、怖……テルくん、急に何言い出すんです？」

「俺は今、お前の存在が一番怖いわ」

「あっ、それってそれって！　まんじゅう怖い的な意味でっ？」

「普通の意味で」

うん、文学少女ｉｓどこ？

「んっふっふー」

恐らく大層微妙な表情が浮かんでいるだろう俺の顔を見て、六華はニンマリと笑う。

「まぁ、アレですよ。そりゃ三年もあれば、誰だって多少は変わるってもんでしょう？」

「ん……まぁ、そりゃそうか……」

多少ってレベルじゃない気はするけど……。

それを言うなら、俺もこの三年でそれなりには変わったろうしな……。

「でも……テルくんは、変わりませんね」

なんて考えていたところ、六華が真逆のコメントを口にした。

「そうか？　俺だって結構……」

六華と別れた当時の身長は、小学六年生男子の平均を十センチ下回る一三五。六華よりずっと小さかった。にも拘《かかわ》らず、体重は約五〇キロ。ＢＭＩ三〇近い、立派すぎる肥満児だ。これで動けるデブならまだ幾分救いもあったのかもしれんが、運動は見た目通りにて

WHERE

んでダメ。だからといって、勉強が出来たわけでもない。

そんな自分へのコンプレックスが、六華の告白への返答に全く影響していなかったといえば嘘《うそ》になるだろう。だから三年前のあの日、変わろうって決意した。

自分なりに行動もしてきたつもりだ。中学じゃ運動部に所属して、脂肪は大部分が筋肉に変わった。学力面でも、どうにか氷室《ひむろ》高校……この辺りじゃ一番の進学校に合格出来るまでになった。身長だって三年で四十センチ程も伸び、だいぶ印象は変わったはずだ。

……だけど。

「いや……確かに、六華の言う通りかもな」

俺は、今でも自分が強くなれただなんて少しも思っちゃいない。見た目だって、六華に速攻で俺だって見抜かれたくらいだ。自分で思ってたほど変われてるわけでもないんだろう。本当の意味では、俺はまだ……。

「はいっ！　三年前と変わらず、目が二つに鼻と口が一つずつ付いてますもんねっ！」

「お前に搭載されてる顔認識システム、素人《しろうと》が適当に作ったやつなの？」

「ヒュウ！　ナイス例えツッコミぃ！　素晴らしい切れ味ですねぇ！」

「勝手に会心の出来感を出すのやめろ！　なんか恥ずかしくなってくるだろ！　ていうか、別にそんなに上手《うま》くもないわ！」

駄目だ、感傷に浸る隙すらねぇ。

「じゃあ、まぁ、キャラについては良しとしてだ」

このままだと話が進まない気がするんで、せめて会話の主導権はこっちで握ろう……。

「六華が、なんでここにいる？　それも、ウチの制服まで着て」

というわけで、改めてその問いを投げた。

「んふー、その問いにはさっき答えたばっかりなんですけどねー」

「えっ、そうだっけ……？」

なんか色々とインパクトが強すぎて、スルーしてたけど……なるほど、思い起こしてみれば言っていたような気がする。確か……。

「テルくんを、追いかけてきたんですよ」

さっきも、そう言っていたはずだ。

「俺を……？」

三年前、「好きじゃない」なんて言葉を最後に一つのフォローもなく別れた俺を追いかけてきたってことは…………もしかして、復讐《ふくしゅう》とか？　大幅にイメチェンしたのも、『こんな良い女をフッて残念でした！　もうお前なんかの手は届きませーん！』って感じのアピールだったり……そう考えると、辻褄《つじつま》は合う……か？

「あっはー、なんだか的外れなことを考えてる顔ですねぇテルくん」

俺の思考を読んだかのように、六華はニマッと笑う。

「一応言っておきますけど、私は復讐とかなんてこれっぽっちも考えてませんからね？」

というか、完全に読まれていた。

「もっとも、一種のリベンジではあるんだろうけど」

一方の俺はといえば、ポツリと漏らされたその呟《つぶや》きの意味もわからない。

「テルくん、私は変わったと思いますか？」

「え？　あぁ、そりゃ……ビックリするくらいに変わったと思ってるよ」

「そう……ですよね」

俺の返しに、なぜか六華はちょっと微妙そうな表情となった。

「ふふっ！　今の私は、新たな月本六華！　月本六華Ｖｅｒ．２的な存在ですからね！」

かと思えば、またペカッと笑って自身の胸に手を当てる。

「お、おぅ……」

急に、何の話をしだしたんだ……？

「残念ながら、月本六華Ｖｅｒ．１はあえなく討ち死にしてしまいました！」

それは……三年前のことを、指してるんだろうな。

「ですが月本六華は、中学三年間の修行を経てVer．2になって帰ってきたのです！」

六華は半歩下がって、俺から少し距離を取る。

「というわけで、テルくん！」

そして、ズビシと俺に指を突き付けてきた。

「今度こそは、私に惚《ほ》れさせてみせますからねっ？」

続いた言葉は……つまり、そういうことなのか？

六華は、未《いま》だに俺のことを……？

「……なぁ、六華」

いずれにせよ、確かめないといけないことがあった。

「俺を、恨んでないのか？」

「んんっ？　どうして、私がテルくんを恨むんです？」

「俺は……お前に、酷《ひど》いことを言ったろう」

「んー、やっぱりその件ですかー。私が気を使って触れないようにしてるっていうのに、テルくんの方から踏み込んできちゃうんですねー」

「お前を傷付けた事実は消えないからな」

「あっはー、相変わらず真面目ですねーテルくんは」

六華の笑みが、少しだけ苦笑気味に変化する。

そんな表情には、昔の面影が強く感じられた。

「そうですねぇ……まぁそりゃ確かに、ちょこーっと傷付いたのは事実ですけどね。だからって別に怒ったり恨んだりなんてしませんよ」

「……なんでだ？」

俺の問いに対して、今度はふわりと微笑《ほほえ》みが浮かべられる。ここまでの、アホっぽい……もとい。明るく元気なものとは違った、昔を思い出す笑顔に見とれていて。

「だって、テルくんのことが好きだから」

「えっ……？」

決定的な言葉に対する返答は、随分と間の抜けたものになってしまった。

「んっふっふー、知りませんでしたか？　恋する乙女は無敵なんですよ？　私は、一回フラれたくらいで諦めるほど潔《いさぎよ》い女じゃないのです」

してやったり、とばかりに六華はニンマリ口角を上げる。

「それは、正直……意外、だったな」

二重の意味で。

一つは、俺のことを未だに好きだなんて考えてもいなかったこと。

もう一つは、六華がそこまでの前向きさを見せると思ってなかったこと。ただ、確かに昔からすぐ泣く割に妙なとこで強情というか……芯の強い子ではあった。

「ふふっ……幼馴染だからって、相手の全てを理解してるとか考えちゃうのは思い上がりってーやつですよ？」

「そう、だな……確かに……」

俺は、六華のことを何もわかっちゃいなかったのかもしれない。

「とはいえですね、テルくん」

と、六華は俺に突き付けていた指を立てた。

「流石の私も、二度もフラれるのはちょーっと勘弁願いたいところではあるので」

半歩、先程離れた分近付いてくる。だから近《ちけ》ぇよ。

「次の告白は、『あっ、今この人絶対私に惚れたな』って瞬間にするのです！」

それが、さっきの宣言の意味か。

「あっ、なのでなので！　さっきの『好き』はノーカン！　ノーカンでお願いしますねっ！　私ったら、ついうっかり言っちゃいました！」

てへぺろ、ってな感じでコツンと自分の頭に拳を当てる六華から。

「……たぶん、そりゃ無理だよ」

俺は、頭を掻《か》きながら視線を逸《そ》らした。

「えっ？　ノーカン無理ですか？」

「そっちじゃなくて」

ゆっくりと、首を横に振る。

まぁ、というか、さっきからずっと告白され続けてるようなもんで。ノーカンも何もないだろう、ってのも正直なところではあるんだけど……。

「俺がお前に惚れた瞬間に、って方」

「むー？　なんですかテルくん、今の私にもやっぱり魅力はないって言うんですかっ！」

「いや……」

俺の考えなんてお見通しかと思いきや、肝心なところは読めてないみたいだ。

今後、俺が六華に惚れる瞬間が訪れることなんてない。

なぜなら……今でも俺は、六華のことが誰よりも好きだから。

もう、とっくに惚れているから。

六華が追いかけてきてくれたこと、俺のことを今でも好きでいてくれたこと、正直に言えばめちゃくちゃ嬉《うれ》しいと思ってる。

けど、同時に……胸に、重く何かが伸《の》し掛かっているような感覚もあった。

今度こそ、六華の想《おも》いを受け入れていいんだろうか？

俺に、そんな資格はあるのか？

また、六華を傷付けるような選択をしてしまうんじゃないか？

そんな、迷いはあったけれど。

「六華は、誰より魅力的だよ」

「ふぇっ⁉」

本心からの言葉を送ると、六華はたちまち赤くなった顔を仰《の》け反らせた。

「ななな、なんですかテルくん！　先制攻撃ですかっ⁉　やられる前にやってやれの精神ですか⁉　い、いいでしょう！　受けて立ちますよ！」

ファイティングポーズで、シュッシュッと宙にパンチを繰り出す六華。

「ははっ、なんだよそれは」

それがなんだか妙におかしくて、思わず笑ってしまう。

「あっ……」

そんな俺を見て、六華は小さく声を上げた。

「ようやく、笑ってくれましたね」

六華も、ふんわりと笑う。

なるほど確かに俺は今日、ずっと驚き顔か仏頂面《ぶっちょうづら》しか六華に晒《さら》していなかった。

ここに来て、ようやく諸々《もろもろ》の感情も少しだけ落ち着いてきた感じだ。

そうすると、もう一つ気付くことがあった。

「そういえば……まだ、言ってなかったな」

改めて言うのはなんだか照れくさくて、頬を掻く。

咳払《せきばら》い一つ。

「久しぶり、六華」

そう口にすると、六華はパチクリと目を瞬《しばた》かせて。

「はいっ！　お久しぶりです、テルくんっ！」

それから、ニパッと笑って返してくれた。

俺たちの関係が、今後どうなるのかはわからない。

俺はどうすべきなのか……どうしたいのかさえ、まだわからない。

けれど、今はただ。

幼馴染《おさななじみ》との再会を、喜ぼう。

第3章　幼馴染が部屋にいる

六華《りっか》との思わぬ再会を果たしてから、数十分後。

「おーっ！　懐《なつ》かしいですねぇ、テルくんのお部屋っ！」

六華は、俺の部屋の中を物珍しげに見回していた。

――こんなところで立ち話もなんですし、テルくんの部屋に場所を移しませんかっ？

再会の挨拶を交わしあった後、六華からそう提案してきたためだ。昔だったら自分から
そんな主張してくること絶対なかったはずなのに、ホント変わったよなぁ……。

「懐かしいって、この部屋に入るのは初めてだろ」

密《ひそ》かな感慨のようなものを胸に抱きつつ、そう答える。

「まーそうなんですけど、部屋の雰囲気というか？　そういうのは変わってないなーと」

「そう……か？」

言葉通り懐かしげな六華と共に、自分の部屋を改めて眺めてみた。家具なんかの多くは
前の家から持ってきたものだし、確かにそう変わってないのかもしれない。

「さーて、それでは早速！」

六華は、そんな声と共にトトトッと軽快に部屋の奥へと踏み入っていく。

「六華ちゃんチェーック！」

そして、ベッドの下を覗《のぞ》き込んだ。

「……何やってんだ？」

なんとなく察しつつも尋ねる。

「いやー、一応お約束かなーと思いまして。エロ的な本は、特にないみたいですね」

「今どき、そんな典型的なとこに隠す奴《やつ》がいるかよ……」

「ほほぅ……？　ということは、所持していることは認めると……？」

ニマッと笑いながら尋ねてくる六華。

ここで慌てて否定でもすれば、それこそこいつの思う壺《つぼ》だろう。

「……まぁ俺らくらいの歳《とし》なら、ない方が不健康だろ」

ゆえに、俺もフッと笑いながら肩をすくめてみせた。

にしても、ちょっとでもエッチなものを見ようものなら顔を真っ赤にしていたあの純情な六華ちゃんはどこに消え去ってしまったんだ……。

「小学生の頃にはどこ探してもなかったのに、テルくんも大人になったんですねー」

「……小学生の頃にも探してたのか？」

「……あっ」

俺の指摘に、六華は「しまった」とばかりに口を開く。

「ぐむむ、テルくんの巧妙な誘導尋問に引っかかってしまいました……！」

「ビックリするほどそっちから飛び込んできたんだけどな」

「まぁ、アレですよねっ！　女の子の方が、大人になるのは早いっていいますしっ？」

六華はウインクと共にそう言うが、だからなんだと言うのだろうか。

こいつ、さっきの口ぶりからして結構あちこち探してたっぽいよな……純情な六華ちゃんなんて、そもそもが幻影だったってのか……？

「…………」

「…………」

その後、どちらからともなく黙り込んだためになんとなく気まずい空気が流れる。

いや、久々に再会した幼馴染とエロ本の話の次に話すことって何だよ……。

「……えっ、なんですかこの空気？」

「一から十までお前のせいだよ」

白々しく目をパチクリさせる六華にツッコミを入れる。

「まぁ、テルくんがエロいという話はともかくとして」

「概《おおむ》ねお前がエロいという話でしかなかったけどな」

俺の返しをスルーして、六華はベッドに腰掛けた。意識してのことなのか無意識なのかはわからないけど、かつて六華の定位置だった場所だ。

当時であれば、その隣が俺の定位置だったんだが……流石《さすが》にそこを選択するわけにもいかないだろうと、俺は勉強机とセットの椅子へと腰を下ろす。

「確か今日、おばさまは夕方までお出掛けされてるんですよね？」

「そういやそんなこと言ってた気がするけど……なんで六華が知ってるんだ……？」

「おばさまとは、引っ越し後もずっと連絡取り合ってますので」

「えっ、そうなの？」

初耳だ。

「テルくんの進路希望とかも、随時教えてもらってましたし」

「そうなの⁉」

初耳すぎるんだが⁉

「あっはー！　でないと、ピンポイントでテルくんと同じ高校を受験なんて出来るわけないじゃないですかー！　もしかして、運命がもたらした偶然だとか思っちゃってました？

いやぁ、すみませんねぇピュアボーイの夢を壊してしまいまして！」

言われてみれば、確かに。

しかし、母さんが六華とずっと繋《つな》がってたとは……そんな素振り全く見せなかった辺り、ウチの親もなかなかの役者だな……。

「まぁそれはそうと、陽向《ひなた》姉さんもまだ帰られてない感じですか？」

俺の内心を知ってか知らずか、六華はフラットな表情で問いを重ねる。

ちなみに陽向ってのは、俺の一つ上の姉の名だ。

「あぁ、みたいだな」

「ふぅん？」

意味ありげに呟《つぶや》いて、六華はペロリと唇を舐《な》める。

妙に艶《なま》めかしく見えるその仕草に、ドキリと心音が高鳴るのを自覚した。

「つまり今、この家に二人きりということですか」

そして、続く言葉に更に心音が高鳴っていく。

六華が、ウチに来る。かつては当たり前だったその状況に、ついつい昔の感覚で深く考えず了承してしまったけど……俺も六華も、もう小学生ではない。

「おろ？」

緊張する俺をよそに、六華の視線がふいに外れた。

「バスケのボールですか？　テルくんの部屋で見るのは初めてですねー」

六華は立ち上がり、床に転がっていたボールを手に取って物珍しげに眺める。

「随分と使い込まれているようですが……？」

再び俺へと向けられる視線は、問いかけの意だろう。

「俺、中学はバスケ部だったんだよ」

「へぇ、そうなんですか？」

六華の表情は、意外さに満ちたもの。まぁ三年前の俺はバスケ部とは縁遠い存在だったし、そんなリアクションにもなろうってもんだろう。

というか、だからこそ俺はバスケ部に入部したんだ。今までの自分と決別するために……減量と、あわよくば身長が伸びてくれればって願望があったのも否定は出来ないけど。

不純な動機ではあっても、どうにかこうにか三年間続けられた自分のことは褒めてやりたいと思っている。

「これでも、三年の時はレギュラーでキャプテンだったんだぜ？」

少しくらい自慢しても、バチは当たらないだろう。

「へぇ！　凄《すご》い凄い！」

六華は、こちらの期待通り……いや、期待以上のリアクションを取ってくれる。パチパチと手を叩《たた》きながら微笑《ほほえ》む様は、まるで我が事のように喜んでくれているように見えた。

「テルくん、頑張ったんですねぇ」

その微笑みを見ているうちに……ふいに、泣きそうになってしまう。

俺が変わりたいと思ったのは、徹頭徹尾俺のエゴだ。

それでも……六華に、胸を張れるような自分になりたいと願ったのが根底で。

まさか本当に六華に今の俺を見てもらえる日が訪れるなんて、思ってもみなかった。

俺は、なれているんだろうか？　六華に、胸を張れるような自分に。

「じゃあじゃあ、テルくんは高校でもバスケ部なんですねっ」

「ん……どうだろうな」

なんとなく今は六華と視線と合わせるのが照れ臭くて、顔ごと視線を外す。

「まだ、迷ってる」

バスケのことを、中学の三年間で好きにはなった。とはいえ、練習がゲロ吐くほどにキツかったのも事実である。比喩じゃなくて、何度も吐いたし。当初の目的を一応達成したと見做《みな》して良いだろうことを考えると、若干の躊躇《ちゅうちょ》があった。

「えー？　もったいなーい」

バスケットボールを足元に置いた六華がズズイッと迫ってきて、また心臓が跳ねる。

「こんなに鍛えてるのに……わわっ！　ホントにすごーい！　めちゃ硬いですねぇ！」

ペタペタと俺の腕に触りながら、歓声を上げる六華。

「胸板も分厚くて……さてはテルくん、気痩せするタイプですね？　細マッチョってやつですかぁ……いいじゃないですかいいじゃないですか……」

さわさわ、六華の手が俺の胸元から徐々に降りていく。

なんというか、くすぐったい。

「腹筋も、とっても硬ぁい……はぁはぁ……」

ていうか……なんかこいつの手付き、いやらしくね……？

……って、なに考えてんだ俺は。ほら、あれだ。男だって、凄い筋肉を見たら思わず触りたくなるもんな。これはそういう、人体の美しさに対する称賛のようなもので……。

「ふぅ……興奮したら暑くなってきちゃいましたねぇ……」

いや、興奮したって言っちゃったよ。

「というか今年の春は、ちょっぴり気温高めですよね」

なんて言いながら、六華はブレザーの上着を脱ぐ。

白いシャツが露《あらわ》になり…………着痩せするタイプなのは、六華の方みたいだな？

「ふふっ……そんなにまじまじと見られると、ちょっと恥ずかしいですね？」

「っ⁉」

指摘されて初めて、自分が六華……の一、部を凝視してしまっていたことを自覚して、慌てて目を逸《そ》らした。それでも、既に目に焼き付いている。ブレザーの上からじゃイマイチわからなかったけど、小学生の頃からの『成長』が著しかった。

「あっ、ちょっと恥ずかしいだけで別に見られるのが嫌ってわけじゃないですよ？　むしろテルくんに見られるのはウェルカムです！　さぁさぁ、どんどん見てください！」

「自己主張激しいな……」

視界の端に、六華が胸を張る様が映る。

そうするとますます一、部が強調されて、今度は顔ごと視線を逸らした。

「あー⁉　なんで余計に目ぇ逸らすんですかー⁉　テルくんの天《あま》の邪鬼《じゃく》っ！」

六華が、俺の頭部を両手で挟み込む形でガッと摑《つか》む。

「こうなったら、意地でも振り向かせてみせますからねっ！　あっ、ちなみに今のはダブルミーニングですので！　物理的にも精神的にも振り向かせるという！」

自分で解説しながら、無理矢理に俺の顔を自分の方へ向かせようと力を込める六華。

「二重の意味で無理だっ……！」

俺も、全力でそれに抵抗した。六華をそう、い、う、目で見ることには、妙な罪悪感のようなものがあったし……あと精神的な意味で言っても、俺は昔からずっと六華しか見ていないんだからやっぱり振り返るってのは無理だ。

「むー、またそんなこと言ってー！　ぐぎぎ、まずは物理的に……っ、きゃっ!?」

六華の手に一層の力が込められたかと思えば、悲鳴と共にそれが消失する。反射的に六華の方に目を向けると、その身体《からだ》が不自然に倒れようとしているところだった。

「危ないっ！」

足元のバスケットボールに躓《つまず》いたようだ……そう認識すると同時に、俺は咄嗟《とっさ》に六華の身体へと手を伸ばしていた。腰に腕を回して抱きとめるも、無理な姿勢になって俺も体勢を崩してしまう。結果、二人で一緒にベッドへと倒れ込むことになった。

「大丈夫か……？」

ベッドに手を突き上半身を起こしながら、尋ねる。

「あ、うん……」

俺の下で、六華は顔を横に向けながら小さく頷《うなず》いた。

「そうか、良かった……」

ホッと息を……ん？　俺の下？

「っ！　悪い！」

「待って！」

六華を押し倒す形になっていたことにようやく気付いて慌てて立ち上がろうとするも、なぜか六華が俺の腕を摑んで止める。大した力が込められているわけでもないのに、それだけで俺は硬直して動けなくなってしまった。

「あっ……」

当の六華も、なぜか驚いたような表情を浮かべている。

自分でもどうしてそんなことをしたのかわからない、って感じだった。

「あ、あの……」

俺の顔、天井、壁、と六華は猛烈な勢いで目を泳がせる。

「んっ……！」

最後になぜか覚悟を決めたような表情を浮かべたかと思えば、ギュッと目を瞑《つぶ》った。

それは、お前……まさか、そ、そういう意味なのか……⁉

俺だって、男だ。この状況に、少しも思うところがないわけじゃない……どころか、めちゃくちゃある。というか、このまま流れに身を任せてみたい気持ちが急速に膨らんでいた。だけどそんな、再会したその日にって……いやでも、六華は俺を……で、俺も六華を……いやいや、俺が三年前したことを考えれば……。

なんて、俺の頭が混乱の極みに到達しようかというタイミングでのことだった。

「おぅ弟ー、漫画いくつか借りてくぞー」

バタンと乱暴に扉を開け、闖入《ちんにゅう》者が現れたのは。

『っ⁉』

六華と俺は、綺麗《きれい》に揃《そろ》った動きでドアの方へと顔を向ける。

「……あ？」

声を聞いた時点でわかっていたことではあったけど、そこにいるのは我が姉である天野陽向だった。こちらを見ながら、訝《いぶか》しげに目をパチクリと瞬《しばたた》かせている。

「おっと、これはお邪魔しちゃったようで。しっつれーい」

かと思えば、ニマニマ笑いながら一歩下がってドアを閉めた。

「弟よー、ヤるならちゃんとしろよー？」

そんな声と共に、姉の足音が少しずつ遠ざかっていく。

――ドタドタドタッ！

かと思えば、猛烈な勢いで戻ってきた。

「って、ちょっと待て！　お前、その子……！」

バタン！　と、先程以上に乱暴にドアが開く。

「六華ちゃん……か……？」

……凄いな、この女。さっきの一瞬でそこまで見抜いたってのか。確かに六華は姉ちゃんともそれなりに仲良くしてたけど、あくまでそれなり。俺の方が圧倒的に付き合いは深かったはずなのに……と、謎の敗北感のようなものが湧き上がってくる。

「あ、はい……」

眼下から、か細い声。

「あの……テルくん……」

「っ!? わ、悪い！」

視線を下ろすと伏し目がちな六華の顔があって、俺はようやく飛び退《の》いた。

「ち、違うからな!? 今のはちょっとしたアクシデントで、別にそういうことをしようとしてたわけじゃないから……！ 誤解すんなよ……!?」

何も言われていないのに、姉ちゃんへの言い訳が口を衝《つ》いて出る。

い、いやほら、六華の名誉のためにもここはちゃんと説明しておくべきだし？

「ほーん？」

俺の説明を前に、姉ちゃんはニマニマと笑うのみ。

「マジで違うから！」

「……いや、わかってるっつの。流石《さすが》のアタシも、ガチでそういう雰囲気だって察してたらこうして戻ってきたりしてないわ」

かと思えば、素の表情に戻ってひらひらと手を振った。

「お、おぅ……」

まぁ、それはそうか…………そうか？

「そんなことより……いやぁ、大きくなったねぇ六華ちゃん。って、ははっ。思わず親戚のおばさんみたいなこと言っちゃったわ」

カラカラと笑いながら、姉ちゃんは六華へと歩み寄る。

昔は姉ちゃんの方がだいぶ背が高かったはずだけど、今並ぶとほとんど同じくらいだ。

「イメチェン？　いいじゃん、凄《すご》く似合ってるよ」

「あ、はは……ありがとうございます」

「その制服、ウチのだよね？　なになに？　六華ちゃんもこっち越してきたってこと？」

「ええ、はい、一応」

「へぇ、そうなんだ！　じゃあアタシの後輩だね！　困ったことあったら、なんでも言ってよ！　アタシこれでも、結構顔広いしさ！」

「はい、頼りにしてます」

「てか、おじさんのお仕事の都合か何か？」

「いえ、私一人だけこちらに来て親類の家にお世話になってるんです」

「そうなの？」

なんて二人の会話を、聞くともなしに聞く。流石にさっきの出来事があったせいか、六華のハイテンションも随分鳴りを潜めているように見えた。

にしても、危なかったな……もし、姉ちゃんが来なかったら…………いや、ちゃんと自制してたよ？　自制してたとは思うけど……六華の方は。恐らく俺が本当にその気になっていたとしても、受け入れていたんじゃないかと思う。それまでのふざけたものとは違っていた雰囲気から、そんな風に感じられた。

三年前の六華だったら、ちょっと手が触れた程度でも赤くなっておおげさに手を引っ込めていたっていうのに。本当に人間、変われば変わるもんだなぁ……。

なんて、どこか感慨深いような気持ちを抱きつつ。

そんな六華の変化をどこか寂しく感じている自分がいるのも、自覚していた。

第４章　幼馴染と中学の友人

結局六華《りっか》はあの後、姉ちゃんと一通り話した後にあっさり帰っていった。

そして、一夜明けた今日。

六華は、朝からウチに突撃して……くるなどということは、特になく。それどころか通学路でも会わずに我が一年一組の教室に辿《たど》り着いて、俺はちょっと拍子抜けした気分になっていた。あの調子だと、朝からグイグイ来るかと思ってたんだけど……意外だな。

流石の六華も、今は俺にだけ構ってはいられないってことなのかもな。まだ入学翌日ってことで、学校での人間関係の構築は重要なミッションだ。引っ越してきたばかりの六華は、この学校に俺以外の知り合いなんていないだろうし。

とはいえ、俺の方も楽観視出来る状況ってわけでもない。ウチの中学から進学してる奴《やつ》はそんなに多くなくて、同じクラスには一人もいないし……なんて、思っていたところ。

「なぁアンタ、天野《あまの》だろ？　東中のセンターの」

クラスメイトらしき見知らぬ男子から、何やらフレンドリーに話しかけられた。

……いや待て、そういえば見覚えがあるぞ？

「確か……鈴木《すずき》、か？　二中のポイントガードだよな？」

「おっ、嬉《うれ》しいねぇ。覚えててくれたか」

「そっちこそ、よく覚えてたなぁ。三年の県大会で一回当たっただけだろ？」

「忘れるかよ、何回お前にブロック食らったと思ってんだ」

「それを言うなら、こっちだってお前に何点決められたことか」

あれはしんどい試合だったなぁ……今思い出してもちょっとげんなりしてくる。

「ま、お互い様ってことで」

鈴木も当時を思い出しているのか、苦笑気味だ。

「それに、今度はチームメイトだ。逆に頼もしいぜ」

「ん、あぁ……」

ガッシリと肩を組んでくる鈴木に対して、返答は曖昧なものになってしまう。

うーん……六華の件が落ち着くまで、とりあえず部活については保留かなぁ。とてもじゃないけど、真剣に打ち込める気が……って、んんっ？　なんか、教室内がザワッとしてないか……？　皆……というか主に女子の視線が、出入り口の方に集まってる……？

「やっ、お邪魔するよ」

そちらに目を向けてみると、ちょうど教室に入ってきたのは旧知の顔だった。

「おー、王子じゃん！　アンタもウチの高校来てたんだ？」

鈴木が、驚きと喜びの混じったような声を上げる。

「そういうキミは、確か二中の鈴木くんだったよね？　一緒の高校だったとは、驚いた」

「ははっ、王子に覚えていただいているなんて光栄の極みでございます」

「ウチの男子との熱戦は、私も見ていたからね」

鈴木から『王子』と呼ばれた彼女……そう、『彼女』である。

本名・峰岸《みねぎし》紗霧《さぎり》は、その呼び名をスルーして爽やかな笑顔で鈴木と会話していた。

鈴木と並ぶと、身長はほとんど同じくらい。バスケプレイヤーとしてはやや低めとはいえ、鈴木も一般的に言えば決して低身長じゃない。それだけ峰岸の身長が高いってことだ。

縦に長いだけじゃなくて、しっかりと鍛えられていることがよくわかるモデル体型。

ストレートのショートヘアと合わせて、パンツスタイルなら遠くから後ろ姿を見れば男子と見間違えるかもしれない。というか、実際よく間違えられるのだとか。

とはいえ、正面から見ればそんな間違いは起こり得ないだろう。若干中性的ではあるものの、女性であることはハッキリわかる。やや吊《つ》り目気味の、イケメン系美人だ。

「天野も、久しぶり」

「あぁ、だな」

その喋《しゃべ》り方も相まって、誰が呼び出したか『王子』ってわけだ。普通は確実に名前負けするあだ名だけど、それがこの上なく似合ってしまうのがこの峰岸紗霧という女である。

俺とは同じ中学出身で、峰岸は女子バスケ部。三年の時はお互いにキャプテンだった関係で、それなりに親しくしていた。

「んで、俺に何か用でもあったか？」

「ふふっ、旧交を温めるのにいちいち用件が必要かな？」

尋ねると、峰岸は口元に指を当ててクスリと笑う。ホント、言動とか仕草の一つ一つが『王子』なんだよなぁ……背景に薔薇《ばら》とか咲いてるのを幻視しそうだ。これが計算じゃなく天然ってところがまた恐ろしい。俺も、最初は謎にドギマギしたもんだ。

「旧交を温めるて。春休みの間、せいぜい二週間程度会わなかっただけだろ？」

「昔からの交際を再び始めるって意味なんだから、離れてた期間は関係ないでしょ？」

「そう……なの、かな？」

とはいえ流石に今となっちゃ慣れたもんで、こうして普通に雑談を交わし合う仲だ。

ただ、突如現れた『王子』の存在に未《いま》だ教室内の視線は集中しており……伴って俺まで注目を浴びてる感じになっているのは、ちょっとだけ居心地が悪い。

まぁ、これもまた峰岸といるとよくあることなんである程度慣れてはいるけど。

「時に天野、もう体育館は覗《のぞ》いた？」

省かれてるけど、体育館で『バスケ部のことは見たか？』ってことだろう。

「……いや、まだ」

嘘《うそ》は言っていない。

「男女共に練習も活発で、良いチームに見えたよ。噂《うわさ》には聞いていたけど、先輩たちも凄い人たちが揃《そろ》っているみたい。特に男バスは、キミたちが入ればかなり面白いことになるんじゃないかな？　今から楽しみだよ」

「だよなだよな、王子もそう思うよな？」

と、盛り上がる峰岸と鈴木。

「ははっ……『王子』が加入する女バスの方が躍進するんじゃないか？」

「まぁなー、県大会MVP様だもんなー」

俺は、曖昧に笑いながら話を逸《そ》らす。

「ところで、峰岸は何組になったんだ？」

「十組だよ」

「えっ？　十組？」

「うん？　それがどうかした？」

「あ、いや……」

思わず反応してしまったけど、どう説明しよう……。

確か昨日、六華も十組だって言ってたんだよな……。

「ほーん……？　天野に会うためだけに、わざわざ一組までねぇ……？」

ちなみに、一組と十組はフロアも別だし普通にまぁまぁ遠い……が、それはそうと。

「おい、変な誤解すんなよ？　そういうんじゃないからな？」

何やらニヤニヤと笑っている鈴木に釘《くぎ》を刺しておく。

「わかってるって」

そう言って肩を叩《たた》いてくる鈴木だけど、ニヤニヤ笑いが消えてない辺り本当にわかってるのかは怪しい。勘弁してくれ……俺はともかく、入学早々変な噂が立っちゃ峰岸が困るだろ……いや、今は俺にとってもちょっとだけそんな噂が立つと困るんだけど。六華の耳に入ったら、いや入ったからって何もないんだけど、なんか、ほら、アレじゃん？

「誤解って……？」

「いい、気にすんな」

一方で、何のことかわかっていなさそうな峰岸に対しては雑に手を振って誤魔化しておく。昔っから峰岸は恋愛関係には疎《うと》く、こういう時も全然ピンときたような様子を見せることがない。数多《あまた》の男子から告白されてるはずだけど、全部断ってるらしいし。

実は女性を好むお方なのでは？　という噂も定期的に立つんだけど、女子からの告白──一説によると、男子からのものより多いらしい──もやっぱり全部断ってるようなんで、たぶん恋愛自体に興味が薄いんだろう。まぁ、バスケ一筋みたいな奴だしな……。

「それより、あー……」

何と言ってよいものやら、一瞬迷って。

「峰岸のクラスに、り……月本《つきもと》って子がいるのわかるか？」

結局、ストレートに尋ねた。

「あぁ、月本六華さんでしょ？　当然わかるよ、隣の席だからね」

「へぇ、そうなんだ？」

これは意外な接点だな。

「可愛《かわい》い人だよねぇ」

「……それは単純に褒めているだけで、他意はないんだよな？」

どこかうっとりとした調子で言う峰岸に、思わず確認してしまった。

正直なところ、峰岸と『勝負』することになった場合勝てる自信が全くない……。

「？　他にどんな意味が？」

「あぁ、いや、悪い。なんでもないから忘れてくれ」

だけど当の峰岸は不思議そうに首を傾けるばかりで、いらぬ疑いをかけてしまった罪悪感と共に俺は首を横に振った。

「そう……？」

峰岸も、それ以上追及してくる気はなさそうだ。

「だけど、キミの方こそどうして彼女を知ってるの？　ウチの中学の子じゃないよね？」

「あぁ、幼馴染なんだよ。物心付いた頃からの付き合いでさ」

「へぇ、そうなんだ？」

今度は、峰岸の方が意外そうな表情を浮かべる。

それから、「ん？」と再び首を捻《ひね》った。

「だけど、キミって確か中一の時に……」

「うん、向こうもこの春こっちに引っ越したらしくて」

「なるほど、運命の再会ってわけだ」

「まぁ……な」

実際には、確固たる意思に導かれての再会だったわけだけど。

「だけど、それじゃあ彼女はキミの変わりっぷりに驚いたでしょ？」

「いや、それがあんまりで」

イタズラっぽく笑う峰岸に対して、苦笑を返す。

「むしろ、変わってないって言われたよ」

「ふむ……？」

俺の言葉に、峰岸は顎に指を当て片眉を上げた。

「幼馴染《おさななじみ》ってだけで、あまり親しくなかったとか？」

「そういうわけでもないけど」

「だとすれば、その発言には疑問しか感じないな」

「ま、見た目はともかく本質は変わってないってことだろ」

「なになに、何の話ー？」

しばらく黙っていた鈴木が、興味深そうに尋ねてくる。

「あぁそうか、キミは三年の時の天野しか知らないんだったね」

「ま、俺の話はいいじゃん」

なんとなく昔の話をされるのは苦手で、俺は苦笑気味に話を打ち切った。

「えー、気になる気になるー」

「そのうち教えてやるよ」

とはいえ隠す程のことでもないので、まぁ鈴木にはいずれ話すことにしよう。

ま、笑い話のタネってやつだ。

「それより、六華のことなんだけど」

話題を逸らしがてら、そう口にしたものの。

六華のことを……何て言えばいいんだ？　俺は、何を言いたいんだ？

迷った末。

「……よろしくしてやってくれ」

いや、お父さんか！　遊びに来た友達に娘のことを不器用に頼むお父さんか！

と、俺は己の発言を恥じると共に内心でツッコミを入れてたんだけど。

「友からの頼み、心得たよ」

峰岸は、胸に手を当てながら微笑《ほほえ》んで頷《うなず》いてくれた。周りから、いくつかの溜《た》め息が漏れ聞こえてくる。わかる、わかるよ。ホントこういうとこ、『王子』だよなこの人……。

「あっ、その、アレなんだよな。昔っから、友達作るのとか苦手な奴《やつ》で……まぁその、今は別にそんなことないと思うんだけど、念のためのアレっていうか……」

一方の俺は、余計に恥ずかしくなって無駄に言い訳を並べ立てる。

「ふふっ、そうなんだ」

そんな俺の姿を楽しむように、微笑みを深める峰岸。

「だから、ほら、峰岸は友達作るのとか上手そうなイメージだし？」

「まぁ、否定はしないよ」

「つーか、王子の場合はアレだよな？　入学初日から、女子に囲まれて連絡先の交換をせがまれたりとかしてそうだよな？　ま、流石《さすが》にそんな漫画みたいなこと……」

「なんだ、見てたの？」

「……マジでそんなことがあんのか」

鈴木は最初明らかに冗談めかした調子だったけど、峰岸の素の返答で真顔になった。

「まだまだ甘いな、鈴木……この峰岸は、数々の『漫画でしか見たことなかった光景』を実現させてきた女だ。この程度は序の口だぜ？」

なんて、俺が無駄にベテラン面《づら》で鈴木の肩を叩いたところで。

キーンコーンカーンコーン、と予鈴が鳴った。

「おっと、それじゃあ私はそろそろ失礼するよ」

軽く手を上げ、峰岸は踵《きびす》を返す。

「今日から練習に入れるらしいし、次は体育館で会おう」

最後に、そう言いながらウインクを残して。女子の一部から、黄色い声が上がった。

それに対して、俺は……。

恐らくはもう聞こえていないだろう背中に向けて、小さく返すことしか出来なかった。

「……ん」

◆　◆　◆

結局、その後も六華が教室に突入してくるようなことはなく。初めての高校生活に色々と戸惑ったり苦労したりはしつつも、割と平和に放課後を迎えることが出来た。あえて問題点を挙げるとすれば、ラストのホームルームが長引いて他のクラスよりもだいぶ遅めの放課後スタートになったことくらいか。

さて、ここからどうするか……。

──次は体育館で会おう

峰岸の言葉が、脳裏に蘇《よみがえ》る。なんか、俺が来るって信じて疑ってないって感じの顔だったよな……入部するかはともかくとして、とりあえず行ってみるか。実際に入るかどうかの指針にもなるだろうし。一応、運動着も持ってきてるしな。

そう思って、立ち上がったんだけど。

「……んあ？」

何気なく見た窓の外の光景に、変な声が出た。

校門に背を預けて、どこかソワソワとした様子で人の流れを見ている女子生徒。

あれって……六華、だよなぁ……。

誰かと待ち合わせをしているのは明らかだった。

そう、『誰か』と。ちなみに、俺は何も聞いていない。何の約束もしちゃいない。普通に考えれば、他の誰かとの待ち合わせだ。だけど、もし……と思ってしまうのは、俺の自意識過剰なんだろうとは思う。それでも、胸が妙にムズムズとしてきて。

「天野ー、一緒に行こうぜー」

「……ごめん、ちょっと急用が出来た。もしかしたら今日はそっち行けないかもしれないから……悪いんだけど、峰岸にもそう伝えといてくれ」

手を振りながら誘ってくれた鈴木に、そう返す。

「あ、そなの？　へいへい、りょうかーい」

そして、気楽げな鈴木の声を背に受けながら足早に教室を後にした。

◆　◆　◆

「り……」

「あっ！」

俺が声をかけるより一瞬早く、俺を見つけたらしい六華の表情がパッと輝いた。

この反応を見るに、やっぱり待ってたのは俺か……。

「えーと……悪い、待たせたか？」

「いえいえ、今来たところですからっ」

別に待ち合わせていたわけでもなんでもないのに、そんなやり取りを交わす。

こいつ、俺があのまま体育館に行ってたらどうするつもりだったんだ……？　初日とはいえそれなりにガッツリやるだろうし、たぶん帰るのは数時間後になってたと思うんだが。

いやまぁ、その場合は流石にどっかのタイミングで六華も帰ってたんだろうけど……。

……そういや昔、お互いに勘違いして場所を間違えて待ち合わせしちゃってた時。俺はしばらくしたら飽きて帰ったんだけど、六華は日が暮れるまでずっと待ってた……なんてことがあったような。いやいや、流石に今はそんなことないだろ……ないよな？

「それじゃテルくん、今日も放課後デートと参りましょー！」

六華は、それが既に決定事項であるかのように言いながら歩き始めた。

「ん、あぁ……」

結果的にではあるけど昔ほったらかしにしてしまった罪悪感が今更ながらに湧いてきた

のもあって、俺も曖昧に頷くだけでそれに従うことにする。

「ところで、テルくん」

すまん峰岸、バスケ部の方はまた今度ってことで……。

「私のクラスに、峰岸さんという方がいらっしゃるのですけれど」

「んおっ⁉」

ちょうど考えてた人物の名前が六華の口から出て、なんか無駄に動揺してしまった。

「あ、あぁうん、知ってるけど」

慌てて、そう取り繕う。

「……なんだか、凄《すご》く大きく反応しましたね？」

「いや、まぁ、六華の口からその名前が出てくるとは思わなくてな」

「へぇ……？」

あれ、なんだろう……？　六華の笑顔から、妙な『圧』が放たれているような……？

「私のことを『よろしくしてやってくれ』だなんて頼んだのに、ですかっ？」

「ごほっ⁉」

なぜか妙に明るく尋ねてくる六華に、思わず咳《せ》き込んでしまった。

「な、なんでお前がそれを……⁉」

「そりゃ、峰岸さんご本人から聞きましたので。今朝方、『だから、よろしくね』ってウインクと一緒に。私一瞬、どこの国の王子様から求婚されたのかと思っちゃいましたよ」

「お、おぅ……」

その光景が容易に想像出来てしまって、半笑いが漏れる。

うん、てか、峰岸さぁん⁉　よりにもよって、なんで本人にそのまんま伝えちゃうんだよ⁉　いやまぁ、あんなこと言っちゃった俺が一番悪いんですけどねぇ……！

「で……峰岸さんとは、どういうご関係なんです？」

引き続き……というか、さっき以上の『圧』を放つ笑顔で尋ねてくる六華。

「峰岸から聞いてないのか……？」

「一通りは聞いたつもりですが、テルくんの口からも聞きたいんです」

なんでだよ……とは、なんか言いづらい雰囲気だ。

「同じ中学出身で、お互いバスケ部でな。三年の時に俺が男バスのキャプテン、女バスのキャプテンが峰岸で、まぁその関係もあってそれなりに仲良くしてもらってんだ」

「それなりに、ですかぁ？」

えっ、なんでそんなに含みある感じなの……？

「峰岸さんは、凄ぉく親しげな感じでテルくんのことをお話しされてましたけれどぉ？」

「割と誰に対してもそういうとこがある奴だからな」

「ふーん？　へー？　ほー？　なるほど、そうなんですねー？　やっぱり、テルくんも峰岸さんのことをよくご理解されているようで？」

「ていうか、この反応……もしかして？」

「まさか、六華……お前、峰岸相手に妬《や》いてんのか……？」

「ぐむっ……！」

尋ねると、六華は一瞬言葉に詰まった様子で。

「そりゃ、妬くに決まってるじゃないですかー！」

謎の『圧』を放つ笑顔から一転、頬を膨らませてお怒りの表情となった。

「私が知らないテルくんのことを、嬉々《きき》として話してくるんですもんっ！　むしろ、これを妬かずして何を妬きますかってレベルです！」

「いやそれ、峰岸は別に悪気があってやってるわけじゃなくてさ。六華が知りたいだろうと思って、善意で言ってるんだと思うぞ？」

峰岸、そういうとこがある。色んな意味で。

「そりゃ、私もわかってますけどー！　それに、知りたいのは事実ですし！」

六華も、そこは理解してくれているらしい。

「ただ……それでも、モヤモヤは抑えられないのが恋する女の子なんですぅ！」

が、それはそれとしてままならないものがあるようだ。

「一応言っとくけど、マジで峰岸とはそういう感じじゃないからな？　つーか、他の人にこんな話すんなよ？　万一『親衛隊』の耳に入ったら、厄介なことになりかねん……」

「……そんな方々がいるんですか」

「いるんだよ、中学時代から。そして、まだ入学二日目ではあるけど恐らく既にその数はかなり膨らんでるだろうと見ている」

「漫画の登場人物のような方ですねぇ……」

「心から同意する」

お互いしみじみとした感じで言っているうちに、六華も徐々に落ち着いてきた様子だ。

「だから、ありえないわけよ。そもそも、峰岸と俺じゃ釣り合いが取れなさすぎだろ」

「……私は、そうは思いませんけれど」

と思ってたら、今度はジト目を向けられた。

「勘弁してくれ、痘痕《あばた》も靨《えくぼ》ってやつか？　自分で言うのもアレだけど、俺なんて物語じゃ目立たない名もなきモブFくらいの存在なんだからさ」

「…………」

六華の目に宿るジト感が増した。なぜだ……。

「……はぁっ」

かと思えば、今度は溜《た》め息を吐《つ》く。

「好きな相手がモテるっていうのは、複雑な心境なんですねぇ……モヤモヤするけど、ちょっと誇らしさもあるような……昔は、こういうのだけはなかったですからねぇ……良くも悪くも、ではありますが……」

「いやだから、峰岸とは……」

「じゃあ、峰岸さんのことはともかくとして！」

次いで、ズビシと指を突きつけてきた。

「それはそうと、モテますよね？」

「なんでだよ。モテねーよ」

ノータイムで否定する。

「なら、今まで一回も私以外の女子から告白されたことはないと？」

「……まぁ、ないことはないけど」

今度の返答には、少々間が空いてしまった。

「でもほら、アレだから。バスケ部のキャプテンって肩書きがモテてただけだから。実際、告白受けたのって中三の時に何回かだけだし」

俺は、何を言い訳してるんだろう……。

「……はぁっ、まぁいいです。自覚がないっていうのは、どちらかといえば私にとっては有利に働く要素でしょうし……」

もう一度溜め息を吐き出してから、六華は表情を改めた。

「ちなみにちなみにぃ、男子からの告白経験はっ？」

それから、冗談めかしてそんなことを尋ねてくる。

「…………ないこともない」

今度の返答には、さっき以上に間が空いてしまった。

「……えっ、あるんだ」

これは六華も意外だったのか、キョトンとした顔となる。

「それってそれって、つまり……ふえぇぇ……どうしよう、なんだか興奮してきちゃいました……！　これが、新しい扉というやつですか……⁉」

なんか、妙な扉が開きそうになってない……？

「それより、六華の方こそどうなんだよ？」

幼馴染《おさななじみ》を引き戻すためにも、今度は俺の方から質問する。

「はぇ？　どう、とは？」

コテン、と六華は首を傾けた。

「昔っからモテてたけど、今はもっとモテてるだろ？」

「……？　少なくとも昔は、モテてなどいませんでしたが」

「……あー」

思い出した。六華に惚《ほ》れる奴《やつ》ってのはいわゆる陰キャ系が多くて、自分なんかが釣り合うわけないって告白とかしない奴がほとんどだったんだよな……もちろん、俺も含めて。

「まぁ、昔のことは置いといて」

両手で、『置いといて』のジェスチャー。

「今は凄いモテるだろ？」

この見た目と明るい性格だ、昔より幅広い層にモテていることだろう。

それに中学生ともなれば小学生とはメンタリティも変わってくるし、中学の頃なんかめちゃくちゃ告白を受けてただろうことは想像に難《かた》くなかった。

「……いやっはー、バレちゃいましたかー！　まぁそうですね！　月本六華Ｖｅｒ．２は、Ｖｅｒ．１とは比べものにならないモテっぷりで困っちゃうくらいですよ！」

なぜか妙な間が空いた気がするが、六華はフフンとドヤ顔で胸を張る。

……うん。自分で振っといてなんだけど、すげぇ胸にモヤモヤが……わかってたことなのに、なんかこう具体的に想像しちまうとなぁ……。

「……まぁでも、私の話はいいじゃないですか」

「んあ？　なんで？」

正直に言えば俺の方もこの話はもうやめたい気分ではあったんだけど、六華の方から言い出す理由が見当たらず首を捻《ひね》る。

「……だって」

なぜか拗《す》ねたように、六華は唇を尖《とが》らせた。

「こんな話したって、テルくんが嫉妬してくれるわけでもないですし」

「いや、めちゃくちゃ嫉妬しとるわ」

……あっ、やべ。思わず考えたことをそのまま声に出してしまった。

「……えっ？」

六華は、軽く目を見開いて俺の顔を凝視する。

「えっ、あっ……」

それから、顔を俯《うつむ》かせて。

「ん、ふふぅ……そうですかぁ」

少しして上がってきた顔には、この上なくニンマリとした笑みが浮かべられていた。

「いやぁ、そうですかぁ。テルくん、嫉妬しちゃいますかぁ」

「……悪いかよ」

「いえいえ、なぁんにも悪くありませんよぉ！　むしろ私としては、大変嬉《うれ》しく思ってる次第です！　にゅふふ、まさかテルくんが、そうですかぁ。にゅふふぅ」

時折笑い声を漏らすレベルで、六華はニマニマと笑う。

「幼馴染ゆえの独占欲ってやつですかぁ？　いやぁ、困っちゃいますねぇ」

違うよ。この嫉妬は、六華のそれと同じ種類だよ。

そう伝えられなかったのは、事ある毎《ごと》に自分の中で囁《ささや》いてくる声があるから。

お前にそんなことを言う資格はないだろう？　って。

今更、何を言ってるんだって。

本当に……その通り、だよなぁ。

第5章　幼馴染のデート計画《プラン》

入学後、初めての休日。

新生活も始まったばかりで、疲れが溜まってる。今日は、惰眠を貪った後で自主トレでもしつつゆっくりと六華《りっか》の件とかバスケ部の件とか考えよう……と、思ってたんだけど。

ピンポーン……ピンポーン。

「ふぁいはーい……」

インターホンの音に叩《たた》き起こされ、俺は朝からあくび混じりに玄関へと向かっていた。

つーか、なんで誰も出ないんだよ……あぁ、そういや今日は俺以外全員朝から出かけるっつってたっけか……どうせ郵便とかだろうし、さっさと受け取って二度寝すっか……。

「はーい、お待たせしまし……」

「おっはようございまーっす！」

ドアを開けた瞬間浴びせられたハイテンションに、眠気がちょっと吹き飛んだ。

そして。

「……六華⁉」

相手がよく見知った顔であることを確認した瞬間、残りの眠気も全部吹き飛ぶ。

「はいはいっ！　貴方《あなた》の六華ちゃんですっ！　主食は愛で主菜と副菜も愛！　さぁ、テルくんの愛情をたっぷり与えて六華ちゃんを大きく育てましょう！」

目の隣に横ピースを持っていくポーズと共に、バチコンとウインクを送ってくる六華。

「何やってんの……？　つーか、朝からテンション高《たけ》ぇな……」

「あっはー！　テルくんの方は随分とテンション低いですねぇ！　もしかして、やれやれ系主人公でも気取ってるんですか？　やれやれ……俺は愛《いと》しの六華を視姦《しかん》した、とか内心でモノローグ入れちゃってる感じですかー？」

「やれやれ系主人公をなんだと思ってんだ……それじゃただのムッツリ気味の変態だろ。ほんで、テンションが低いのは単に寝起きだからだよ……」

「あっ……ごめんなさい、もしかして起こしちゃいました……？」

頭を掻《か》きながら答えると、途端に六華は気遣わしげな表情となった。

「……いや、まぁ、ちょうど起きたところだったから」

急にしおらしくされるとそれはそれでやりづらく、軽く視線を外しながら答える。

「ふふっ、そうでしたか」

なぜ、妙に嬉しそうに笑うのだろうか。

「それより、何の用……って、ここで立ち話するのもアレか。とりあえず上がれよ」

「はいはーい、お邪魔しまーす」

勝手知ったる他人の家とばかりに、六華は遠慮する様子もなく俺に続いて家の中へと入ってくる。こいつが勝手知ってたのは、前の家のはずなんだけどな……。

「今日母さんいないから、お茶とか適当になるけど」

「いえいえ、お気遣いなくっ」

六華は、笑顔でパタパタと手を振る。

「……あえてそのタイミングを狙って来たわけですし」

そして、ポツリとそう付け加えた。

「あえてって、どういうことだ？」

「おっとぅ？　今の、聞こえちゃってましたかー。テルくん、鈍感系主人公の風上にも置けない聴力の良さですねぇ」

「誰が鈍感系主人公か」

「って、鈍感系主人公のことなんてどうでも良くてですね」

「自分から言い出しといて……」

「すぐ作っちゃいますから、ちょーっとだけ待っててくださいねっ」

「……？　作るって、何を？」

尋ねると、六華はニコッと満面の笑みを浮かべる。

「朝ごはんを、です！」

「……え？」

思ってもみなかった言葉に、まだ動きの鈍い脳が一瞬フリーズした。

「あっ、ちゃんとおばさまにはキッチンを使う許可を得てますのでご安心をっ！」

「別にそんなとこの心配はしてねぇけど……」

というか、そんな許可を予《あらかじ》め得ているということは。

「わざわざ、そのために来てくれたのか？」

実際、俺一人の状況だとせいぜい食パン一枚を焼いて食べる程度だったろう。ありがたいっちゃありがたい話なんだけど、流石《さすが》に申し訳ないというか。

「それもありますね」

「……も？」

気になる物言いに、首を捻る。

「ふふっ……すぐに作るとは言いましたけど、流石に多少は時間がかかっちゃいますので。その間に、顔でも洗ってきてはどうです？　ヨダレの跡、めっちゃ付いてますよ？」

「っ……!?」

今度はニンマリ笑う六華の指摘を受け、思わず腕で自分の口元を隠した。

つーか……今更だけど俺、思いっきり寝間着のままだな。なんか急に恥ずかしくなってきた……小さい頃は、六華に見られたところで別に何とも感じなかったんだけどな……。

「……そうするわ」

さっきの質問への答えをはぐらかされた形ではあるけど、今の状態を六華の前で晒《さら》し続ける恥ずかしさに耐えかねてリビングを後にする。

「わぉ、流石おばさま！　前のお宅と変わらぬ整頓っぷりですねぇ！」

チラッと振り返った時に見えた、キッチンに立つ六華の姿が昔と重な……らない。

ウチと六華んちはかつてお隣同士で、母親たちの仲も良い。母さんも六華のことを可愛《かわい》がってて、母さんに教わって六華がキッチンに立つことも珍しくはなかった。

だけど当時必要だった踏み台はもう今の六華には必要ないし、毎度いっぱいいっぱいだった雰囲気はもう微塵《みじん》もなく、余裕が垣間《かいま》見《み》える。

……そういや、服の好みも変わったんだな。昔は露出の少ない大人しめの服装ばっかりだったのに、今日の六華はオフショルのトップスにスカートの丈も短めだった。

なんて考えながら洗面所に向かい、ジャブジャブと……いつもより、気持ち念入りに顔

を洗った。あと、髪も整えた。普段よりも、少しだけ時間をかけて。それから、一旦自室に戻って着替える。一応、持ってる中で一番気に入ってるやつに。

何のためにだよ。つーか、一応ってなんだよ。

そう思いながら確認した姿見に映る自分の顔には、苦笑が浮かんでいた。

◆　◆　◆

着替えを終えて戻ると、既に朝食の準備は整えられていた。

「さぁ、召し上がれっ」

テーブルに並んだ皿たちを手の平で指し、六華はドヤ顔で胸を張る。

程よくトーストされた食パンの上に、ミートソースと目玉焼き。ベーコンとキャベツ、その上に刻んだパセリが添えられた温《おん》サラダがほんのり湯気を立てている。同じく湯気を立てているスープからは、カボチャの甘い香りが漂ってきていた。ヨーグルトには数種のフルーツが混ぜ合わせられており、見た目にも鮮やかだ。

栄養のバランスについて考えられていることが見て取れるのに加え、全体的に俺の好物で構成されたメニューだった。キュゥ、と腹の音が鳴る。

「いただきます」

手を合わせて言ってから、早速食べ始めることにした。

「ん、美味《うま》いな……」

素直な感想が、口を衝《つ》いて出る。

「お口に合ったのなら良かったです」

俺の向かいの席に座って微笑《ほほえ》む六華。

「つーかすげぇな、この短時間でここまで用意出来るとは」

「言うほど手間はかかってませんから」

「そんなことないだろ」

なんて雑談を交わしながら、食べ進めていく。

「六華は食べないのか？」

「私は、家で食べてきましたので」

「なんか悪いな、俺のためだけに」

「ふふっ、私が好きでやっていることですのでお気になさらず」

食事中だから、気を使ってくれてるんだろうか。

幾分、これまでよりテンション抑えめに感じられた。

「なんなら、デザートに私を召し上がってくれてもいいんですよっ？　幸い今日は休日！

一日中ハッスルすることも可能というこの据え膳、むしろ食べない手はない！」

気のせいだった。

◆　◆　◆

「ごっそさん！」

全て空になった皿を前に、再び手を合わせる。

本当に全部美味《おい》しくて、あっという間に平らげてしまった。

「お粗末様でした」

六華も、嬉《うれ》しそうに微笑む。

「あぁ、片付けくらいは俺がやるよ」

「そうですか？　なら、お任せします」

手を伸ばしかけていた六華を押し留《とど》め、皿を重ねてシンクへ。

「さて、テルくん」

そのまま洗い物を始める俺へと、六華が呼びかけてきた。

「朝ごはん、食べましたよね？」

「は？」

謎の確認に、思わず疑問の声が漏れる。

「そりゃまぁ食べたっつーか、お前もずっと見てただろうよ」

「私の作った朝食を、食べましたよね？」

「あ、あぁ……」

何を当たり前のことを言ってんだ……？

「つまりテルくんは、私に借りが出来たということですよね！」

「……まぁ、そうかな？　何か礼を返せるなら、返したいとは思ってるよ」

「さっすがテルくん、良い心がけですねぇ！」

うんうん、と六華は何やら満足げに頷《うなず》いている。

「そんなテルくんに朗報です！　なんと今なら、すぐにお返しが出来るチャーンス！」

「別にいいんだけど、マッチポンプ感が凄《すご》いな？」

ズビシと俺に指を突きつけてくる六華に対して、素直な感想が漏れた。

「無茶な要求じゃなけりゃ、基本は受けるつもりだけど……何をしてほしいんだ？」

「安心してください！　私が要求するのは、テルくんの身体《からだ》だけですから！」

「いきなり安心出来る要素がなくなったんだが」

「つまりは、そう！」

そこで、一拍空けて。

「デートに行きましょう!」

六華は、そう言い放ったのだった。

◆　◆　◆

こうして、俺は六華と一緒に出かけることになったわけだけど。

内心、さっき着替えた時に変な服を選んでなくて良かったとホッとしている自分がいる。六華との『デート』だからってもっかい着替えることになってたら……なんつーか、そういう意味合いが出過ぎるしさ……俺の気にしすぎかな……？

にしても、俺に六華とデートなんてする資格はあるのか……っていう俺の内心まで見抜いてるからこその、朝飯での『貸し』って形だったんだろうか。だとすれば、六華は思った以上に俺のことを理解しているのかもしれない。

「テルくーん!」

思考の海に沈みかけていた意識が、その声で急速に浮上する。

「すみません、お待たせしちゃいましたっ!」

「いや、俺も今来たところだから」

息を切らせながら駆け寄ってきた六華に、俺は軽く手を振った。

実際、それほど待ってたわけじゃない。

「……それはいいんだけどさ」

ただ。

「なんでわざわざ、外で待ち合わせなんだ？　一緒にウチを出れば良かった話だろ？」

その点は、解《げ》せなかった。

なぜ、別々にウチを出た上でわざわざ駅前で待ち合わせしての合流なのか。

「もう、テルくんは女心ってやつがわかってませんねぇ」

と、六華は呆《あき》れたような表情で人差し指を立てる。

「デートと言えば、待ち合わせ！　これも女の子の憧れなのです！」

「そう……なのか？」

実際、よくわからなかった。

「ま、そんなことより行きましょう！　時間は有限！　せっかくのデートなんですから、一秒たりとも無駄にするわけにはいきませんよっ！」

「あっ……」

六華が流れるような動作で俺の手を取るもんだから、思わず声が漏れる。

小さい頃は、何の戸惑いもなく俺の方から握っていた手。それを躊躇《ちゅうちょ》するようになったのは、いつの頃からだったろう。六華を、異性として意識し始めたのは。

今だって、その柔らかい手の感触が伝わってくるだけで緊張して少し身体が固くなる。

心臓がどんどん高鳴っていくのを自覚する。

「今日は楽しみましょうね、テルくん！」

一方の六華は、緊張も戸惑いも感じさせず。

「私が、しっかりとエスコートしてあげますからっ！」

むしろ、手慣れた雰囲気に見えた。

実際……デートに、慣れているんだろうか。

考えてみれば、六華みたいな可愛い女の子を周囲が放っておくわけはないし……デートに誘われたことも、一回や二回のことじゃないだろう。何回か受けたことがあったりしても全く不思議ではない。

そう思うと、また胸にモヤッとした感情が生まれてしまった。

◆　◆　◆

「デートといえば、まずは映画ですよねっ！」

そう主張する六華に従って、俺たちはまず映画館に来ていた。

「どれを観《み》るのか、もう決めてるのか？」

「はい、もっちろん！」

六華は、自信満々といった表情で頷く。

「今日は、こちらを観ようかと思います！」

と、指差したのは今話題のファンタジー映画のポスターだ。

「テルくん、こういうの好きですよね？」

「そうだな、これもかなり好みな展開だったよ」

「そうでしょうそうでしょ…………んんっ？」

一人で何度も頷いていた六華の動きが、途中でピタリと止まった。

「だった、って……もしかして、もう観たってことですか……？」

そして、恐る恐るって感じで聞いてくる。

「公開初日に、一回な。でも、もっかい観ても全然大丈夫だから」

「いやー、それはちょーっと申し訳ないと言いますか！　せっかくだしお互い初見の映画の方が色々とアレだと思いますし的な!?　あっ、じゃあ、えっと……どうしよう……他の映画も、チェックしとけば良かった……」

後半になるにつれて、声は露骨に小さくなっていく。

「マジで、俺はむしろもっかい観たいくらいで……」

「あっはい！　わかりました！」

俺の言葉は、焦《あせ》った表情の六華によって遮られた。

「それじゃ、これにしましょう！　ほら、これなら今日から公開だそうですし！」

再び、並んだポスターのうちの一つを指す六華。

確かに、今日から公開って書いてあるけど……。

「……六華、ホラー苦手じゃなかったっけか？」

「えっ⁉」

俺の指摘に、ギョッと目を見開いた六華は自分が指した先に改めて視線を向ける。

まさか、今日から公開って情報しか見てなかったのか……？　このポスター、どこからどう見てもホラー映画で逆にホラー要素を見落とす方が難しいと思うんだけど……。

「ふ、ふふん！　この私を誰だと心得ているのです⁉　月本六華Ｖｅｒ．２は、そんな弱点とっくに克服済みですよ！　ホラー映画なんて余裕です、よゆー！」

「そう……なのか？」

なんか、今の時点で既に声が震えてるような……。

「そうなんです！　ほらテルくん、こんなとこでうだうだ言ってないで早くチケット買っちゃいましょう！　すぐに上映時間になっちゃいますよ！」

「あ、あぁ……」

結局、六華にグイグイと背中を押される形で入館することになったわけだけど。

「な、なななななかなか雰囲気があるじゃないですか……」

映画の開始早々から、六華の身体はカタカタと震え始め。

「ぴっ⁉　ぷっ⁉　ぱっ⁉」

中盤、怖いシーンが出てくる度に謎の言葉を発し。

「悪霊《あくりょう》退散悪霊退散悪霊退散……！」

最終的には目を固く瞑《つぶ》り、耳を両手で覆ってそう唱えるだけの存在になり果てていた。

そして、上映終了後。

「なかなか、悪くない映画でしたねっ！」

「お、おう……」

何事もなかったかのようにドヤ顔で喋《しゃべ》る六華に、俺はそう返すことしか出来なかった。

「子役の子も、可愛《かわい》かったですし！」

「まぁあの子、結局霊に襲われて……」

「ちょっとテルくん、どうして急に怖い話をしだすんですかっ⁉」

「怖い映画の話をしてるからだよ……」

六華、若干涙目である。どっちかっつーとミステリ要素の方が強かったし、ホラー映画の中では怖くない方だったと思うんだけどな……。

「とにかく！　次は、カフェでランチといきましょう！　とっておきのお店ですよ！」

何か——たぶん、さっきのホラー映画の内容だろう——を振り切るように、六華は来た時よりも気持ち早足で歩き出した。

当然のように、俺の手を取って。

◆　◆　◆

「一時間待ち、ですか……⁉」

カフェの入り口で案内してくれた店員さんの言葉に、六華は目を丸くする。

「いかがなさいますか？」

「あっ、はい、えーと、待ちま、いやでも一時間、すみません、あっ、うーん……」

「六華、一旦落ち着こうか」

露骨にテンパり始める六華に、思わず苦笑が漏れた。

「今日、どうしてもここで食べたい感じ？」

「あっ、いえ、どうしてもという程では……」

小声で尋ねると、六華も小声でそう返してくる。

「そっか」

一つ頷《うなず》いて、俺は店員さんの方に向き直った。

「すみません、それじゃまたの機会に」

「はい、またのお越しをお待ちしております」

営業スマイルに見送られ、今回は俺が六華の背をそっと押す形で店を後にする。

「あ、ははー！　すみません、穴場スポットと聞いていたんですがタイミングが悪かったようですねー！　まさかあんなに混んでいるとは……」

六華の笑みは、だいぶ引きつり気味だった。

「確かに、タイミングが悪かったな。ちょうど昨日の晩、テレビで紹介されてたからさ」

「えっ、そうなんですか⁉」

どうやら、知らなかったらしい。

「と、とにかく、次のお店を探さないとですよね！　うーんとうーんと……」

キョロキョロと周囲を見回している辺り、第二候補は用意してなかったってところか。

六華は越してきたばっかりだし、知っている店もほとんどないだろう。

「せっかくだし、今回は俺のオススメを紹介してもいいか？」

そう思って、助け舟を出す。

「えっ……？」

六華は、一瞬キョトンとした表情を浮かべて。

「あっ、はい……じゃあ、お願いします……」

どこか曖昧に、頷いた。

◆　◆　◆

「いやぁ、美味《おい》しいパンケーキでしたぁ！」

「だろ？」

俺が紹介した店を後にしながら、六華は満足げにお腹《なか》を押さえる。

気に入ってもらえたようで、俺も一安心だ。

「にしてもテルくん、よくあんなお店を知ってましたね？」

「白状すると、中学時代に一回行ったことあるだけなんだけどな」

「へぇ……？」

なぜか、六華の目に剣呑《けんのん》な光が宿った……ような、気がした。

「女の子と、ですか？」

「ん？　あぁ、まぁ」

「ふーん？　へー？　ほー？　ですよねー？　男の人だけで行くような店じゃないですもんねー？　そうですかー、女の子とー……あっ」

めちゃくちゃジト目で俺を見ながら、何かに気付いたような表情に。

「もしかして……峰岸さんと、ですか」

「っ……ははっ、なんでここで峰岸の名前が出てくるんだよ」

やべぇ、ある意味図星だったんでちょっと動揺してしまった気がする……。

「はー、そうですかそうですか。本当に、峰岸さんとだったんですねー」

完全に見抜かれてるし……。

「い、言っとくけど、二人きりでとかじゃないぞ？　大会の後に男女混合の打ち上げで行っただけだから。ほとんど、男女バラバラに話してたしさ」

俺は、何を言い訳してるんだろう……。

「まー、テルくんのパンケーキ処女が他の女性に奪われてしまったことはいいです！」

「パンケーキ処女って何……？」

「その代わり、美術館処女はこの私がいただきますからね！」

「美術館処女って何……？」

「市立美術館、行ったことないですよね？」

どうやら俺の疑問に対する答えがもたらされることはないらしい。

「そうだな、入ったことはないな」

近くにあるとはいえ、入ったことのある中高生はあまり多くないと思う。

「ならよかったです！　それじゃテルくんの美術館処女を奪いに、いざしゅっぱーつ！」

やっぱり自然に俺の手を引いて、六華は意気揚々と歩き出した。

「知ってましたか？　日本に美術館という存在が生まれたのは、明治初頭なんです。でもその頃のは今の美術館とはちょっと違って、あくまでも博物館の部門の一つとして美術品の展示があるって形だったそうですよ。いわゆる現代的な美術館が生まれ始めたのは、昭和に入ってから。全国に増えていったのは、昭和後期くらいです。ここの美術館も、その頃に建てられたものですね」

「へぇ～」

普通に初耳だ。ただ、この街に引っ越してきたばっかな六華が市立美術館の沿革まで知ってたとは思えないんだけど……この時のために調べたんだろうか……。

「それで、今ちょっと変わった展示をやってまして」

「ほぅほぅ」

六華の薀蓄《うんちく》に相槌《あいづち》を打ちながら歩くことしばし、目的の美術館に辿《たど》り着いた。

「何を隠そう……んんっ？」

得意げに話してた六華だったけど、ピッタリと閉じられた入り口の扉を見て眉根を寄せる。扉の手前に設置された立て看板には、大きく『本日休館』の文字が。

「お、おぉっとぅ？」

六華の頬がヒクついた。

美術館の沿革は調べていても、どうやら休館日については調べてなかったらしい。

「ま、まぁ、そういうこともありますよねっ！」

そう言いながらも、顔に浮かぶ笑みはぎこちない。

「それじゃあ、この後はぁ！」

と、明るく言って。

「…………どうしましょうね」

一気にテンションが降下した。

「あのさ、六華……もしかして」

結構前から薄々感じていたことを、尋ねてみることにする。

「こういう……デートとかって、慣れてなかったりする？」

すると、ギクリと六華の頬が強張《こわば》った。

「…………すか」

「え……？」

ポツリと何か呟《つぶや》いたようだけど、聞き取れずに聞き返す。

「慣れてるわけないじゃないですかぁっ！」

今度は、やけっぱちって感じの叫びだった。

「だって、デートなんて実際やったことあるわけないですし！　だから頑張って一生懸命に調べたのに、全然思った通りにいかないし！　いいですよもう、知ったかぶってドヤ顔晒《さら》してた女をあざ笑ってください！　どうです、机上の空論ガールとでも呼んでは！　さぁ皆さんご一緒に！　エビバディセイ！　机上の空論ガールぅ！」

というか、完全にやけっぱちになっている。

「はぁ……テルくんも、幻滅したでしょう……？」

かと思えば、今度は自嘲の笑みを浮かべた。

テンションの上下激しいな……。

「……いや、逆だよ」

そんな六華を見ていると……少し、申し訳なくも思うけど。

「むしろ、安心したっていうかさ」

それが、偽らざる本心だった。

「……恋愛偏差値最底辺の私に完勝出来て、ですか？」

「違うわ」

ていうか、どんだけ卑屈になってるんだ……。

「そうじゃなくて……六華も俺と一緒なんだって、わかったからさ」

ジト目を向けてくる六華に、苦笑を返す。

「一緒、とは……？」

「俺も、デートなんて初めてだから」

「……そうなんです？」

六華は、パチクリと目を瞬《しばたた》かせた。

「テルくんは、なんというかこう……デートなんてもう慣れきって新鮮味の欠片《かけら》も感じないぜはっはー、的な感じかと思ってました」

「なんでだよ……」

六華は俺のことを何だと思ってるんだろう……。

「だから、正直に言うと……もし六華にスムーズにエスコートされてたら、ちょっと微妙な気持ちになってたと思う。なんか、六華が遠い存在に思えちゃう感じでさ」

俺の吐露に、六華は拗《す》ねたように唇を尖《とが》らせた。

「私は、バッチリとエスコートしてデキる女だと思われたかったですけど……」

そんな思惑があったのか……。

「なんつーか、その……こんなこと、俺が言えたことじゃないのかもしれないけど」

今だけは、過去の所業は棚に上げさせてもらおう。

「俺と六華って、そういうんじゃなくないか？」

漠然とした言葉ではあったけれど。

「そう……かも、しれませんね」

六華には、伝わってくれたようだ。

「別に、背伸びする必要なんてなくてさ。お互い、等身大な感じでいこうぜ」

本当に……俺に、こんなことを言う資格があるのかはわからないけれど。

「だから、今度は俺から誘うよ」

六華に向けて、手を差し出す。

「改めて……俺と、デートしてくれないか？」

俺の言葉に、六華はキョトンとした顔となった。

だけど、それも一瞬のこと。

「……はい、喜んでっ！」

微笑《ほほえ》んで、俺の手を取ってくれた。

「行き先も、六華に任せっきりじゃなくてちゃんと俺からも提案する」

「あー……はい、そうですね」

ここまでの反省を踏まえているのか、苦笑気味ながら頷《うなず》く。

「六華も、遠慮せずに自分が行きたいところがあったら言ってくれよな。俺の前で、何も取り繕う必要なんてないんだからさ」

ヒク、となぜか少しだけ六華の口元が痙攣《けいれん》するように動いた。

「……そうですね」

口を引き結んで、六華はもう一度頷く。

「それじゃ早速ですけど、今からテルくんの部屋に……」

「それは駄目」

いつも通りのテンションに戻った六華の提案を、速攻で却下した。

「取り繕わずに行きたいところを言ったのに⁉」

「俺にも拒否権はあるからな……」

「というか、どうして駄目なんですかー！」

「たぶんまだ家族の誰も帰ってないからだよ」

「だからいいのに！」

「取り繕わなすぎるってのも問題だな……」

表面上は、昔とは全く異なる会話内容。

でも、いつの間にかなんだか懐《なつ》かしい気分になってきて。

自然と、口元が笑みを形作っているのを自覚した。

第6章　幼馴染とのやり直し

そうして、改めて『デート』を仕切り直すことになったわけだけど。

そもそもの話、六華《りっか》は越してきたばっかでこの辺りに何があるか把握出来ていないだろう。今日のとこは、とりあえず一通り街の案内をするのが建設的なんじゃないだろうか。

「なぁ……」

そう思って、提案しようとしたところ。

「それじゃあテルくん、今日はこの辺りを案内していただけませんか？」

先んじて六華に言われて、思わず目を瞬《また》かせてしまった。

「……あれ？　これも駄目ですか？」

それを否定の意味に取ったらしく、六華は小さく首を傾ける。

「あぁ、いや……悪い。ちょうど、俺の方からそれを言おうとしてたとこだったからさ。ちょっとビックリしただけだよ」

「なるほど！　私たち、気が合いますねぇ！」

「……そうだな」

一瞬間を空けてしまったのは、本当にそうなのかがわからなかったためだ。

昔、一緒に遊んでいた頃に気が合っていたのは間違いないと思うけれど。

「ちなみに、案内してほしいとこの候補とかあるか？」

「それでは、まず図書館を！」

「ははっ、そっか」

迷う素振りもなく真っ先にそれを挙げる六華に、つい笑ってしまった。

「むー、どうして笑うんですかー」

「いや、別に」

本好きなところは変わってないようで、なんとなく安心しただけだよ。

なんだか照れくさくて、その言葉を口にすることは出来なかった。

◆　◆　◆

「いやぁ、新しく貸し出しカードを作った時ってワクワクしますよねぇ」

「わからんでもない。最初に借りる本は、なんか特別って感じするしな」

「そうそう、そうなんですよー」

図書館にて、そんな会話を交わす。

もちろん、周囲の迷惑にならないようヒソヒソ声だ。

「ここ、広さの割に結構マニアックな本も……」

「はい？」

俺の声が小さすぎたらしく、六華がグイッと身を寄せてくる。

ふわりと良い香りが感じられて、妙にドギマギしてしまった。

「……ここ、広さの割に結構マニアックな本も置いてるんだよ」

「へぇ、そうなんですねー」

どうにか動揺を表に出さないよう心がけながら答える。

「あっ、私あっちの方が気になりますっ」

「ちょっ……!?」

しかし、グイッと掻《か》き抱くような形で六華に腕を取られて今度は動揺を隠しきれなかった。服越しながら、なんか柔らかい感触が伝わってくるような……元々密着状態だったから、手を引こうとしたらこういう形になるのかもだけど……。

「んふー？　テルくん、どうかしましたか？」

と思ったけど、ニンマリと笑ってくる辺り狙ってのことらしい。

「ね、テルくん？　私、大きくなったと思いません？」

「そ、そうだな。とはいえ、今じゃ俺の方がだいぶ身長高くなったけど」

「そっちの話じゃないんですけどー？　わざと言ってますよねー？」

ってな感じで、六華は俺をからかって遊んでいたわけだが。

「……ん？」

とある棚に目を向けた瞬間、ふと真顔になった。

「えっ、嘘《うそ》……⁉」

それから、パッと俺の腕を離して一冊の本を手に取る。

「わっ、これ続刊出てたんだ……！　前の刊がすっごい気になるところで終わってたのに何年待っても全然続きが刊行されなくて……」

呟《つぶや》きながらページを捲《めく》っていたかと思えば、すぐに真剣な表情で内容に没頭し始めた様子。その佇《たたず》まいが、かつての文学少女然としていた頃の姿と重なって見える。

つーか好きな本のことになると急に周りが見えなくなるところ、変わってないんだな
……なんて、微苦笑と共にしばらく見守っていたところ。

「あっ……」

そんな声が聞こえて、そちらに目を向ける。

すると、小学生くらいの女の子が俺たち……というか六華の方を見て立ち尽くしている

様が見て取れた。俺に遅れること数秒、六華も女の子の方に視線をやる。

「お姉ちゃん、その本……借りる？」

どうやら、彼女の目当ては六華の手にあるらしい。

一瞬だけ、六華の表情に葛藤の色が混じった。

けれど、すぐに。

「ちょっと中を見てただけよ。貴女《あなた》は、この本を借りに来たのかな？」

「う、うん……」

屈《かが》んで視線の高さを合わせ、優しい声で尋ねる六華へと女の子はおずおずと頷く。

「そっか。このシリーズ、面白いよね」

微笑みながら、六華は女の子へと本を差し出した。

「うんっ！」

女の子も、今度は嬉《うれ》しそうに笑って本を受け取る。

それから、貸し出しカウンターの方に小走りで駆けていった。

「……良かったのか？」

「あっはー、流石《さすが》の私も小学生と本を奪い合ったりはしませんよー」

六華は、明るい笑みのまま。

「でも、ちょうどいいとこだったんだろ？」

「……わかっちゃいました？」

今じゃ、俺がその内心を読めるのはかなり限定的な場面だけになってしまったけれど。

「キリのいいとこまで読むまで待ってもらっても良かったんじゃないか？」

「でも、あの子も楽しみにしてたでしょうし」

自分より、他の誰かを優先する……そんなところも、変わってないようで。

「……そっか」

「っ……!?」

なんとなく嬉しくなって六華の頭をポンと撫でると、ピクンと六華の身体《からだ》が跳ねる。

「お、おっとぅ？　なんですか、この急なご褒美《ほうび》タイムは？　もしかして、今のがテルくんのキュンキュンポイントでしたかー？」

「……かもな」

「えっ……？」

俺の言葉が意外だったのか、六華はポカンと口を開けた。

「次は、本屋に行こうか。どうせこの後、さっきの本買うつもりだろ？」

今更ながらに気恥ずかしくなってきて、俺は顔を逸《そ》らして歩き出す。

「あっ、もう……テルくん、デレタイムがちょっと短すぎじゃないですかー？」

一瞬遅れて追いかけてくる六華は、もうすっかりいつも通りのテンションに見えた。

◆　◆　◆

その後は本屋に寄って、近くの公園で小一時間ほど六華の読書タイムに付き合った。

「ふぅ……堪能《たんのう》したぁ！」

本から顔を上げた六華は、言葉通り満足げな表情である。

「…………あっ」

それから、何かに気付いたかのような声を上げた。

「す、すみません私ったら！　せっかくのデートなのに、テルくんをほったらかしで！」

「ははっ、気にすんなよ。いつものことだろ？」

自分で言ってから、ハッとする。

今、完全に昔の感覚に戻っていた。それこそ、『いつものこと』だと感じるくらいに。

三年間も、そんな『いつも』からは離れてたってのに。

実際、昔はこんなことしょっちゅうだった。小さい頃は俺を放って本に夢中になる六華に不貞腐《ふてくさ》れたりもしたもんだけど、いつの頃からかすっかり慣れて俺は俺で時間を潰す習慣が付いていた。今回だって、六華と一緒に俺も小説を買って読んでたから特に退屈していたわけでもない。

「あ、ははー。私もなんだか、すっかり昔の感覚で……」

六華も、どうやら俺と一緒だったようだ。

「やっぱ、こういう感じの方が俺たちらしいって気がするな」

オシャレなカフェや美術館に行ったりするよりも、落ち着いた気分になれる。

六華も、今は自然体で過ごしているように見えた。

「そう……ですね」

なのに、その横顔が何かを堪《こら》えているように見えるのはどうしてなんだろう。

「……海」

「？」

次に出てきた言葉は唐突かつ、意味がよくわからなかった。

「海に行きましょう！　なんだか、海が恋しくなってきました！」

俺たちが生まれ育ったのは、海沿いの街だ。だからまぁ、その気持ちもわからなくはない。なんで急にそんなことを言い出したのかとか、まだ越してきて早々だろうとか、ツッコミどころはあったけど。

「……いいけど、ちょっと遠いぞ？」

特に触れずに、そう返す。

「歩いていくとたぶん日が暮れるから、チャリの方がいいけど……六華、持ってる？」

「いやぁ、まだ越してきたばっかりなものでぇ」

「だよな……じゃあまぁ、俺の後ろに乗ってもらうか」

「おっ、いいですねぇ二人乗り！　青春っぽいじゃないですか！」

「警察に見つからないようにしないとなー」

ついさっきまで昔みたいに話せてた気がしたのに、今の会話はどこか白々しく感じられた。それはたぶん、俺が六華の内面に踏み込むのを躊躇《ちゅうちょ》しているからなんだろう。

◆　◆　◆

「ほらテルくん、早く早くっ！」

六華に手を引かれ、砂浜を駆ける。

手を繋《つな》ぐのにもいい加減慣れてきて、あんまり気にならなくなってきた。

「ちょま……俺、ついさっきまで二人乗りのチャリ漕《こ》いでたんだから……」

というか、今は疲労のせいで気にする余裕がなくなってるだけかもしれないけど。

「んー、潮の匂いっ！　やっぱりこれを嗅がないと調子出ないですねー！」

一方、俺の後ろに乗っていた六華はまだまだ元気いっぱいって感じだ。

オフシーズンの砂浜には他に人影もなく、見渡す限り俺たち二人だけ。

「……懐《なつ》かしいですねー」

「……あぁ、そうだな」

子供の頃、二人でよくこうして意味もなく砂浜を駆け回ったもんだ。

もっとも、今とは前後が逆。あの頃は、俺が六華をあちこちに引っ張り回していた。

まさか六華に引っ張り回される日が来ようだなんて、あの頃は思いもしなかった。

再会してから何度も感じていることだけど、こうして昔と同じようなことをしているとより顕著に実感出来る。本当に……六華は、あの頃とは大きく変わって。

なんとなく、置いていかれたような気分になってくる。

俺はまだ、三年前のことを引きずったままだから。

あの時から、まだ踏み出せていないから。

「ふぅっ……！」

満足したのか、六華のペースが徐々にゆっくりになっていく。

「やっぱり、モヤモヤを感じた時は運動するのが一番ですねぇ！」

「……お前、そんな体育会系だったっけ？」

むしろ、インドアの極致って印象だったんだけど。

「あれ、言ってませんでしたっけ？　私、中学では陸上部ですよ？」

「初耳だな……」

かつての六華の印象からは程遠い。

けど、今の六華なら運動部所属だと言われても納得出来る。

「つーか、なんかモヤモヤするような要素あったか……？」

「すみません、ムラムラの間違いでしたっ！」

「マジで、変わらなくていいところまで変わったよな……」

「表に出してなかっただけで、昔からこんな感じでしたよ？」

「知りたくなかった事実……」

「……おろ？」

ふと、六華が俺の腕に目をやる。

「テルくん。そこ、怪我《けが》してますね？」

「うん……？」

そこに目を向けると、確かにちょっと出血していた。

「自転車漕いでる時に、どっかの枝にでも引っかけたかな……？」

言われるまで気付かなかったレベルだし、痛みも特にない。

「ちょーっと待っててくださいね。今、手当てしますから」

「別にいいよ、これくらい」

「駄目です！　こういう小さな傷だって、バイキンが入ったりして危ないんですから！」

語気を強めて返してきながら、六華は自分のポーチを探る。

かつて、何度も繰り返された類《たぐい》のやり取り。普段は気弱で引っ込み思案なくせに、こういう時は頑として譲らないのが月本《つきもと》六華って女の子だった。

こういうとこは、変わってないんだな……。

「じゃじゃん！」

効果音を口にしながら、絆創膏《ばんそうこう》を取り出す六華。

「ふふっ、テルくんったら昔からすぐにあちこちに傷を作っちゃってましたからね。こんなこともあろうかと、ちゃんと持ち歩いていたのですよ」

「流石にもうそんなヤンチャ坊主《ぼうず》じゃねぇよ……」

「でも、こうして傷作ってるじゃないですかー」

「まぁ……」

それを言われると、否定しづらい。

「それじゃ、ジッとしててくださいね」

六華は、俺の腕を持ち上げて。

チュッ、っと傷に口付ける。

「っ⁉」

思わず、ビックリして腕を引っ込めてしまった。

「あっ、ジッとしててって言ったじゃないですかー！」

不満げに六華は眉根を寄せる。

「いや、お前が急に……！　てか、何してんだよっ⁉」

「何って、消毒ですよ。流石《さすが》に消毒液までは持ち歩いてませんので」

「そういうことじゃなくて……」

「？　昔は、よくこんな風にしてたじゃないですか」

六華は何が問題かわかっていないようで、疑問顔だ。

「今度こそ……これでよしっ、と」

それが、俺の傷に絆創膏を貼っつけて満足げなものとなった。

ここは流さず、ちゃんと釘《くぎ》を刺しておくべきだろう。

「いいか？　お前は……」

もう大人の魅力を備えた女性なんだから、そういうことはやめろ。

そう口にしかけて、寸前に思い留まる。

なんか恥ずかしかったし……あと、ちょっとキモいというか。六華は純然たる治療行為として行ってくれたのに、それをエロいものと見做《みな》してる感が出てしまうというか。

「私は……何なんですか？」

途中で言葉を止めたせいで、六華は不思議そうに首を傾けていた。

「んんっ」

咳払《せきばら》いを一つ挟む間に、どう伝えようか考える。

「……お前は、もし逆の立場で俺がさっきと同じことをしたらどう思う？」

結局、ちょっと日和《ひよ》った感じの伝え方になった。

「別に、逆の立場であっても……」

今度は、六華の言葉が途中で止まる。

かと思えば、何を想像しているのか見る見るその顔が真っ赤に染まり始めた。


「あのな……」

「テルくんのえっち！」

そして、なぜか俺の腕がペチンと叩《たた》かれる。

「そんな、ペッティングなんて……お外でそれは流石にレベルが高すぎです！」

「直接的な単語を口にすんなよ……ていうか、そこまでは言ってないわ」

「くっ……手当てに託《かこつ》けてペッティングさせるとは、あの純情だったテルくんがすっかり上級者に育ってしまったのですね……！」

「俺がやらせたみたいに言うのやめてくれる⁉　ていうかその台詞《せりふ》、そっくりそのまま返すわ！　純情だった六華ちゃんが今やこんなだよ！」

「あ、それはちょっと間違いですね。さっきも言った通り、純情な六華ちゃんなど最初から存在しませんでした。私は当時、ムッツリだっただけです」

「何度もその事実を突きつけてくるのもやめろ！」

「今にして思えば、傷を舐《な》めるという行為に若干のエロスを感じていた気もします」

「思い出まで汚してくんなよ⁉」

ていうか、海にまで来て何を言い合ってるんだ俺たちは……。

「とにかく！」

この不毛な話を打ち切るべく、語気を強める。

「あんま、無防備にこういうことすんなよ？　俺はまぁわかってるからいいけど、他の奴《やつ》はそういかないんだから。男なんて、ちょっとしたことで勘違いする生き物……」

「テルくん」

言葉を遮ると共に、六華は俺の唇に指を当てた。

「それも、間違いですよ」

ちょっとムッとしたような表情だ。

「というか、少し心外です」

口にしたのも、そんな言葉。

「私がこんなことをするのは、誓ってテルくんにだけなんですから」

それは……たぶん、『幼馴染《おさななじみ》だから』だとかじゃなくて。

だからこそ、俺はなんと返せばいいのかわからなくて。

「……そうかよ」

結局、ぶっきらぼうにそう言うのが精一杯だった。

「はいっ、そうなのです！」

六華が、嬉《うれ》しそうに微笑《ほほえ》む。

昔はレアだったけど、今はよく見せてくれるようになったこの笑顔。

今も昔も、否応無《いやおうな》しに心音が高鳴った。
最初は、六華の変化を少し寂しく思ったりもした。
なんだか、俺の知っている六華が遠くに行ってしまったみたいで。
だけど、結局のところ六華は六華だってわかってきたから。
六華の、昔と変わらない部分を見ても。
六華の、昔と変わった部分を見ても。
どっちも、等しく俺の鼓動を速める。
知れば知るだけ、ドキドキしていく。
それを自覚する度に、実感する。
俺は、昔と変わらず……いや。
昔よりも、今この瞬間にも、六華のことをもっと好きになっているんだって。

第7章　幼馴染に対する想《おも》い

とある平日の朝。

「ふぁ……」

あくび混じりに自宅を出る。

これまでの傾向……というか一〇〇％の実績として、平日は放課後に至るまで六華《りっか》が突撃してくることはない。六華といる時間が息苦しいとかそういうわけじゃ決してないけど、まぁ好きな子と一緒にいるとなんだかんだでそれなりに緊張するのは事実。登校から下校までは、比較的気楽に過ごせる時間帯だ。

「おはようございます、テルくんっ！」

「ふぁっ⁉」

と、完全に油断していたところに玄関開けたらすぐ六華状態でめっちゃビックリした。

「えっ、六華、なんで……？」

思わず尋ねてしまう。

「はいっ！　もちろん六華ちゃんのラブをデリバリーしに参りましたっ！」

「意味がわからん」

そして、思わず素で返してしまった。

「今日はおばさま、朝からお出かけしてててお弁当作れてないんですよね？」

「うん、まぁそうだけど……」

我が家のスケジュール、駄々漏れすぎでは……？

本人が漏らしてるんだろうけどさ。

「それだとテルくん、お昼にお腹《なか》をすかせちゃいますよねっ？」

「いや別に、購買か食堂に行けば……」

「お腹をすかせちゃいますよねっ？」

肯定以外の答えを拒絶する圧が凄《すご》いな？

「んふふぅ、というわけでぇ」

六華は、ニンマリと笑って自分の鞄《かばん》に手を入れる。

「私が持ってきたもの、なんだと思います？」

うん、まぁ、ここまでの流れで流石に俺も察した。

「ヒント！『お』で始まって『う』で終わるものです！」

「……お母さんの愛情？」

だけどなんとなくちょっと意地悪してみたくなって、あえてズレた答えを返す。

「んんっ、惜しい！　ですが、かなり近いですよっ！」

「つまり、お父さんの愛情か」

「残念、遠ざかりましたっ！」

「わかった、お姉ちゃんの愛情だ」

「……実質無限ループに持ち込めるその構造、ズルくないです？」

ジト目を向けてくる六華。

「というか、もう完全にわかっててわざと言ってますよね？　はぁっまったく、あの誰にでも優しかった純真なテルくんはどこに行ったというのか……」

「いねぇよ、そんな奴は」

ついつい、そんな言葉が口を衝《つ》いて出た。

だけど、事実ではある。

誰にでも優しい純真なテルくんなんて、存在しない。

最初から、な。

「……あっ」

六華が、『しまった』とでも言いたげに口を開いた。

……？　なんで、六華がそんな苦しそうな表情になるんだ？

「今の、無しでっ！」

明らかに取り繕った笑顔で、六華は手で大きなバッテンを形作る。

「それより、正解はこちらです！」

それから、どこか焦《あせ》るかのように再び鞄に手を突っ込んで『それ』を取り出した。

謎のゆるキャラが描かれた包み。

「『お弁当』、でした！」

まぁ、知ってた。

「ん……サンキューな、六華」

何にせよ、俺のために作ってくれたのは普通に嬉しい。

「いえいえっ！　これも私の女子力アピールの一環ですのでっ！」

礼を伝えると、今度こそ六華も含みのない笑みを浮かべてくれた。

「けど、なんで玄関の前にいたんだ……？　普通に呼び鈴鳴らしゃよかったろ？」

「あーいえ、ちょうど着いたところでしたので」

「そうなのか……？」

そんな感じにも見えなかったけど……つーか、仮にそうだとしてもなんで玄関前に直《ちょく》なんだよ。呼び鈴、門扉《もんぴ》のところだぞ……？

と、ツッコミを入れようとしたところ。

「それじゃ、私はこれで！」

「えっ……？」

シュタッと片手を上げて六華が踵《きびす》を返したので、驚きの声が出る。

「一緒に行かないのか……？」

てっきり、そうするためにわざわざ家にまで来たのかと思ってたんだけど。

「実は私、本日は日直に任命されておりまして！　これからダッシュで学校に行って、黒板を消したり日誌を書いたり黒板消しを綺麗《きれい》にしたり花瓶の水を替えたり黒板に日付や日直の名前を書いたりしないといけないのです！　あと黒板の溝の掃除も！」

「黒板関係多いな……」

つーかそれ、ダッシュで行ってまでやらないといけないことか……？

「そういうことですので！」

なんて考えている間に、六華は駆け出してしまった。

「あっ……」

なんとなく、追いかけるのも戸惑われる。

「まだ、急ぐような時間でもないよな……？」

念のため腕時計を確認すると、やっぱり始業まではかなり余裕のある時間だった。

「……姉ちゃんと顔を合わせたくなかったから、とか？」

考えられる可能性を口にしてみる。

こないだウチに来た時との違いといえば、姉ちゃんが家の中にいることくらいだ。

「おい、弟。無駄に図体《ずうたい》デカくなったんだから、そんなとこにボーッと突っ立ってんじゃないよ。通行の邪魔でしょうが」

「いでっ⁉」

折しもと言うべきか、姉の声と共に尻に衝撃を受けて半歩程前によろめく。

どうやら後ろから蹴られたらしい。

「おま、口で言うだけで事足りるだろ……」

「ちゃんと靴履く前に蹴ってやったんだから、感謝しろよ？」

振り返ると、姉ちゃんは片足立ちになって靴下姿の足をプラプラさせていた。

確かに靴で蹴られるよりはマシだけど、感謝する謂《いわ》れはねぇよ。

「……姉ちゃんってさ、もしかして六華に嫌われてたりする？」

「はぁん⁉」

とはいえ姉ちゃん相手にいちいち抗議しても時間の無駄なので、代わりに疑問を投げるとものっそい顔をしかめられた。

「お前なぁ、そういうことは仮に思ってても本人に言うなよ！　そういうとこがお前、ホント昔っからアレだよなぁ！」

「あいてててっ!?　す、すまん……！」

今度は靴を履いた状態で蹴られたけど、確かに正論ではあるので謝っておく。

「えっ、ていうかそれ、六華ちゃんがアタシのこと嫌いみたいなこと言ったわけ？　だとすれば普通にショックなんだけど？」

「いや、そういうわけじゃないんだけど……」

「なんだよ脅《おど》かすなよ！」

「痛《いて》ぇ！　とりあえず蹴るのをやめろ！」

「お前が悪いんでしょうが！」

「それは認めるところだけどその上でだよ！」

「つーか、さっさとどけっての！　アタシは暇なお前と違ってこれから登校して学業に励むっつー重労働が待ってんだよ！」

「俺だって同じだわ！」

なんてギャーギャー騒ぎながら、結局その朝は姉ちゃんと登校することになった。

◆　◆　◆

そして、昼休み。

「あれ？　天野んとこのカーチャン、なんか趣味変わった？」

俺が机の上に弁当の包みを置いたのを見て、鈴木《すずき》が少し意外そうに片眉を上げた。

入学以来、鈴木とはずっと一緒に昼を食べている。いつもは無地か幾何学模様の包みなのに、今日は謎のゆるキャラ。まぁ疑問も湧こうってものかもしれない。

「かもな」

六華のことを説明するのも面倒で、俺はそう返すだけに留《とど》めた。

と、そこで。

「キャッ、またいらっしゃったわ」

「何度見ても顔が良い……」

「眼福だね……！」

女子の一部から、黄色い歓声が上がる。

このパターン……間違いなく『奴《やつ》』だろう。

「やっ、私もご一緒していいかな?」

果たして、俺たちの前に弁当箱の包みを置いたのは『王子』こと峰岸紗霧《みねぎしさぎり》だった。

「別にいいけど……」

断る理由もないので、頷《うなず》いて返す。

チラリと目を向けると、鈴木も軽く頷いた。

「なんでわざわざ、一組まで来たんだ……? 峰岸なら、ランチをご一緒したい友人には事欠かないっつーか引っ張りだこだろ?」

「まぁね」

ここで否定しないし実際事実なのが、峰岸紗霧という女である。

「というかキミ、わかっていて聞いているでしょ?」

峰岸は隣の席から椅子を引っ張ってきながら、ピッとこちらを指差してきた。

いちいち仕草が絵になる奴……。

「天野《あまの》と話すために決まってるじゃない」

まぁ、そうだろうなと思ってはいた。

「おいおい王子ー、俺の存在は無視かよー」

「ははっ、鈴木とも話したいとは思っていたよ」

「露骨なあしらい感！　でも王子にやられるとなんか許しちゃう！」

そんな、茶化した鈴木とのやり取りの後。

「さて天野、大事な話があるんだけど」

ともすれば俺を口説いているかのようにも聞こえる発言に女子の一部がこっちを見ながらヒソヒソ何かを話しているけど、間違いなくそんな艶っぽい話じゃないと断言出来る。

「キミ、なんで全然部活来ないのさ？　もうとっくに練習は始まってるよ？」

果たして、峰岸の話は予想通りのもの。結局俺は一度もバスケ部に顔を出していないので、そろそろ来る頃だろうとは思ってた。

「なんでって、そりゃ……入部してないからでは？」

そういうことを聞いているわけじゃないとはもちろんわかっていたけど、本当の理由が話しづらいこともあってとりあえず冗談めかして返してみる。

「は⁉　まだ入部もしてなかったの⁉」

したら、なんか思ったよか大きく反応された。

「まだ、っていうか……」

「顧問の先生がわからないなら、私が一緒に職員室まで行ってあげようか？　あっ、入部届を失《な》くしたとか？　安心しなよ、それも先生に言えば……」

「いや、そういうわけじゃないから！　ていうか顔が近ぇよ《ちけ》⁉」

　前のめりになってグイグイ顔を近づけてくる峰岸に、思わず悲鳴に近い声が出る。

　この顔で至近距離は反則だって……！　入部より先に親衛隊に入ることを決意しそうになったわ！　こいつ、自分の面《つら》の良さにイマイチ無自覚なんだよな……！

「おっと、失礼」

　峰岸も一応この状況のマズさには気付いてくれたらしく、姿勢を正した。

「だけど本当に、どうしたの？　入部が遅くなるほどチームメイトの覚えも悪くなってしまうっていうのはキミだってわかってるでしょ？」

「まーそうなんだけどさ……」

　にしても、なんで俺が入部するって前提で話してくるんだろうねこの人は……。

「今はちょっと、他にやることがあるっつーか……その件を片付けないと、どっちも中途半端《ちゅうとはんぱ》になりそうで嫌なんだよ」

　全てを語っているわけじゃないけど、偽らざる本心だ。

「……そう」

　納得してくれたのかは不明だけど、峰岸はハッキリと頷いた。

「キミが言うのなら、そうなんだろうね。なら私は、キミがその『やること』とやらを見事果たすまで待つことにするよ」

　そして、小さく肩をすくめる。

「時に天野、随分と可愛《かわい》らしいお弁当の包みだね？」

　これで今の話は終わりだとばかりに、峰岸は俺の包みを指差した。

　こういうとこ、ホントにイケメンだよなぁ……。

「まぁな」

　適当に頷きつつ、包みを開き弁当箱の蓋を開ける。

「……なんか、お前らってさぁ」

　と、しばらく黙っていた鈴木が口を開いた。

「傍《はた》から見てるとホント……いや、なんでもない」

『？』

　鈴木は何やらゴニョゴニョと言った後に首を横に振って、俺と峰岸は何のことやらわからず疑問符を浮かべる。

「ところで天野さー、なんか急に食の好みが変わったりした？」

　と、鈴木は俺の弁当の方を見ながら露骨に話を逸《そ》らした。

「いや、別に……？」

そう返しながら手元に目を落とすと、俺も鈴木が何を言っているのか理解した。

鶏《とり》の唐揚《からあ》げ、卵焼き、エビフライ、ほうれん草の炒《いた》めもの、ハンバーグ。

ガッツリ系のおかずを中心に組み立てられた、ザ・男子高校生って感じのメニューだと言えた。二段目には、ご飯もギッシリ詰まっている。

「……元々、こういうのが好きなんだよ」

そう、そこには俺の好物がこれでもかと並んでいた。

小学生の頃から、この辺りの好みは変わっていない。

「そうなの……？　あの、言いづらかったら言わなくてもいいんだけどさ……もしかしてお前、カーチャンとあんま仲良くなかったりする？」

鈴木が、ちょっと声を潜めてそんなことを言ってくる。

今までの弁当にこういうガッツリ系のおかずがほとんど入ってなかったのを知っているからだろう。普段は、野菜中心のヘルシー系のメニューだから。

「仲は普通だよ。普段の弁当は、俺から頼んでカロリーオフ仕様にしてもらってるんだ」

「へぇ？　なんでまたそんな？」

「俺、昔すげぇ太ってたからさ。ダイエットのためにカロリー制限してたんだよ」

「そうなん？」

鈴木は意外そうに片眉を上げる。

「そうなんだよ。な、峰岸」

水を向けると、峰岸は一瞬ジッと俺の目を見つめた。

いいのか？　ってことだろう。

俺は軽く頷いて返す。

「うん、そうだね。中一の頃の写真とか見たらビックリすると思うよ」

俺の了承を確認し、峰岸はそう言って微笑《ほほえ》んだ。

「マジ？　見てぇ～」

「天野、見せてもいい？」

「いいけど……あるのか？」

中一の頃の写真なんて、俺すら持ってるか怪しいぞ……？

「えーと……」

峰岸はスマホを取り出し、スッスッと操作する。

「ほら、これ」

そして、画面を俺たちの方へと向けた。

そこには、確かに中一の時の俺の姿が収められていた。割と急激に体型が変わっていったから、時期の特定はしやすいんだよな……まぁ、それはいいんだけど……。

「……これが？　マジで、天野？」

「紛《まご》うことなき俺だけど、峰岸はなんでこんな写真持ってんだよ……」

目を丸くする鈴木に答えながら、ツッコミを入れる。

学生服姿だから、部活の時に撮ったもんでもないみたいだし……。

「覚えてない？　中一の二学期、キミに写真を撮らせてってお願いしたの」

「……あー、あったっけそんなことも」

たぶん、あれが峰岸との初会話だったんじゃないかな。当時から既に『王子』のオーラを纏《まと》ってた峰岸に話しかけられて、めちゃくちゃテンパった記憶が蘇《よみがえ》ってくる。

しかも、写真を撮らせてときたもんだ。これはもう、俺の写真をみんなに回して馬鹿にするためなんだなって思ったよね。断ったらそれこそ何言われるかわかったもんじゃないから撮らせたけどさ。だけど、結局峰岸には俺を笑い者にする様子なんてなくて……。

「つーか、結局どういう意図で撮ったんだよこれ」

「ふふっ、記念撮影」

なぜか嬉《うれ》しそうに微笑む峰岸。

「何のだよ……」

今に始まったことじゃないけど、王族の考えは庶民には理解出来んな……。

「あの時点でもう、私はキミの成長を半ば確信していたからね。実は、部内でも最も早くキミに着目した者として自負しているんだよ？」

「マジかよ王子、これがこうなるってわかってたのか？」

写真と俺を交互に指して、鈴木は驚愕《きょうがく》の表情を浮かべている。

いや、マジだったら俺もビックリだわ。

「ははっ、流石《さすが》に物理的にここまで伸びるとまでは思ってなかったけどね」

「そうなん？　だったら、どういうこと？」

「いつかこの人ならレギュラーの座を射止めるだろうな、ってね。だから成長途中の姿を今のうちに残しておこうと思ったんだ。ふふっ、まさしくこういう時のために」

「……マジ？」

疑問と驚きの声は、俺のものだ。

「一年の二学期っつったら、まだようやくボールをまともに扱えるようになった程度で……シュートの成功率なんて悲惨なもんだったろ？」

「だからこそさ」

峰岸は、芝居がかった調子で肩をすくめる。

「一学期の頃はボールの扱いさえままならなかったキミが、二学期になる頃にはまともに扱えるようになっていた。凄《すご》い成長じゃないか」

「めちゃくちゃ低いレベルでのな……」

「それでも、成長は成長だよ」

「いや、ていうか天野さ、マジにそんなド下手だったん……？　てことはもしかして、ミニバス経験もなかったとか……？」

「あぁ、それどころかバスケ自体ほとんどやったことなかったよ」

「お、おぅ……そこから東中のレギュラーになるまでに至ったのか……それ自体凄いけど、そのことを予言してたとか王子慧眼《けいがん》すぎん？」

「でしょ？　これは私のちょっとした自慢なんだ」

謙遜するでもなく、峰岸は言葉通り自慢げに笑う。

「一学期の頃の天野は、ひたすら一人で黙々と練習してたよね」

「部内に友達もいなかったからな……」

「部内に？」

笑顔のままツッコミを入れてくる峰岸。

「いや、部外にもいなかったけどさ……」

「それも意外だな？　天野、どっちかっつーと社交的な感じじゃん？　あっ、でもそっか。そういや中一の時にこっちに引っ越してきたんだっけ？　それならまぁしゃーないか」

確かに、それも一因ではあるかもしれない。

だけど、本質では全くない。

「つーか、友達の作り方がわからなかったんだよな……」

「ほーん？　小学校でもぼっちだったってこと？」

「いや、小学生の頃はむしろ友達多かった方だと思うよ」

「？　じゃあなんで？」

「それは……」

小学生の頃の俺を、捨て去ったから。

色んな意味で……な。

とはいえ、流石にそれを口にするのは憚《はばか》られる。

「でも、二学期からは徐々に周りに人も増えていった。バスケ部を中心にさ」

俺の内心を察してくれたのか、峰岸が少し話を変えた。

「まー……同じチームでそれなりの時間を過ごしゃ、流石にな」

でも、ありのままの自分が受け入れられたようでなんだか嬉しかったのを覚えている。

これでもいいんだって、さ。

「かくして今の天野に繋《つな》がる、というわけさ」

峰岸が、最後なんかいい感じにまとめた。

「ちなみに、今のキミならそういうメニューの方がいいと思うよ」

と、俺の弁当箱を指す。

「もうダイエットも必要ないでしょ?」

「だなぁ……」

実際、今はもう適正体重まで落ちてるんで別にヘルシー系メニューを続ける必要もないんだけど。母さんは流れで同じようなメニューを作ってくれてるし、俺もそういうメニューが嫌いなわけでもないんで、なんとなく何も言っていないって感じだ。

確かに、そろそろ母さんにも言っとこうかな……。

「というか、これからはむしろカロリー多めのメニューにすべきだろうね。部活を始めると、どうしても……おっと、失礼」

部活のことに話が及びかけたところで、峰岸は自らその話題を止めた。

待つと言った以上、部活のことは口にしないってことなんだろう。

ホント、律儀《りちぎ》なお方だ……。

「にしてもそれ……おかず、全部手作りだよね？　中学の頃から思っていたけれど、キミのお母さんは本当に料理が達者なんだねぇ」

「……まぁ、な」

実際、母さんは料理上手ではある。

けど、流石に毎日の弁当にこんな手間をかけたりはしない。

一方で、この弁当の本当の作成者がなぜそんな手間をかけてくれたのかといえば……。

「愛情がたっぷり詰まっている、って感じがするよ」

そういう……こと、なんだろうなぁ。わざわざ早起きしてせっせとこれを作ってくれている六華の姿を想像すると、なんだか泣きそうな気分にすらなってくる。

「なぁ、峰岸は……」

思わず、尋ねそうになってしまった。

こんな俺のことを、軽蔑するか？　って。

部活のことを後回しにして、やってることはといえば女の子と放課後に遊んでいるだけ。

しかも、俺はその女の子の気持ちを一度踏みにじっていて……今また、これだけのことをしてもらいながら態度を保留し続けている。

ははっ……改めて並べると、マジでクソ男だね。

「私が、どうかした？」

言葉を途中で切った俺に、峰岸が首を捻《ひね》る。

「……肉と魚だと、どっちが好きだっけ？」

さっき思い浮かんだ質問を実際口にしたところで峰岸を困らせるだけなのはわかりきっているので、そんな適当な質問を投げる。

「それついては、肉だと断言するよ」

「ははっ、肉食系女子だな」

「やっぱり、肉を食べないと力が出ないからね」

「わかるわー、俺もカーチャンには『とりあえず肉！』って言ってるもん」

鈴木も交えて、そこからは普通に雑談が続いた。

昼休みも、そろそろ終わろうかという頃。

「っと、俺ちょっとトイレ行ってくるわ」

鈴木がそう言って教室を出ていった。

「それじゃ、私もそろそろ失礼しようかな」

次いで、峰岸も立ち上がる。

「あぁそうだ、言い忘れていたことがあるんだけど」

「ん……？」

かと思えば、その場に留まったまま俺の目をジッと見てきた。

「私は基本的にキミの選択を尊重するつもりだし、いつだってキミの味方でありたいと思っているからね。たとえ、どんなキミだろうと」

「っ……！」

それはまるで、さっき俺が飲み込んだ質問への答えみたいで。

「さ、すが……『王子』は伊達《だて》じゃねぇな」

向こうからすれば、なんか様子がおかしいからちょっと励ましとくか……くらいの気持ちなのかもしれないけど。

ほんの少しだけ、救われた気分になったのは事実だ。

「……危うく惚《ほ》れそうになったわ」

「ははっ、それは出来れば勘弁願いたいところかな。私はキミとの、今のこの関係が気に入っているんだからさ」

「安心してくれ、実は俺は結構一途でな。昔っから、好きな相手はたった一人だ」

「それは重畳」

峰岸になら、こんな風にあっさり言えるのになぁ……。
なぜ、六華には言えないのか。
決まっている。
昔のことが、ずっと引っかかっているから。
俺に、そんなことを言う資格はあるのかって。
とはいえ、いい加減前に進まなきゃ……だよなぁ。
ただ、その方法がわからない。
六華に今更謝罪するのもなんか違う気がするし……うーん。
「ま、キミのやりたいようにやればいいと思うよ」
またも俺の内心を見透かしたような発言を残して、今度こそ峰岸は去っていった。
「俺のやりたいように……ねぇ」
自分がどうしたいのかさえわかってない馬鹿だからこそ苦労してんだよなぁ……。

◆　◆　◆

そんな迷いが晴れないまま、迎えた放課後。
先生からの頼まれ事に対応してたせいで少し帰るのが遅くなった俺は、運動部の掛け声が聞こえてくる中で昇降口を出た。

「……ん」

校門に背を預ける人影を見つけ、小さく声が出る。

六華だ。前髪をいじりながら所在なさげに佇《たたず》んでいる様は、フラットな表情なこともあってどこか昔の姿を彷彿《ほうふつ》とさせた。

つーか、待っててくれたのか……。

六華と校門で合流して一緒に帰る、っていうのが既にお決まりのパターンになってはいる。けど今日は、先に帰っててくれってメッセージ送っといたんだけどな……。

いずれにせよ、これ以上待たせるわけにもいかない。

「り……」

小走りで駆け寄りながら、呼びかけようと口を開く。

けれどそれより一瞬早く、六華がこちらに顔を向けた。

「テルくんっ！」

パッと、満面の笑みが咲く。

「もう、この美少女をこんなに待たせるなんて罪な男ですねぇ！」

そうは言いつつも、怒っているような気配は少しもなかった。

「だから、先に帰っててもいいって言っただろ……」

「それでも待っていることで、健気《けなげ》な女感をアピールしているわけですねっ！」

「自分で言うなよ……」

「自分で言うなよっていうのは、さっきの私の『美少女』発言に対して言ってくださいよー。スルーされたら私、ただの痛い女じゃないですかー」

「なんで？　そこは別に、事実だろ？」

「……テルくんって、時々真顔で凄《すご》いこと言いますよね」

なんて会話を交わしながら、並んで歩き始める。

「ま、まぁ、テルくんはそんな美少女の隣を歩ける幸運を噛《か》みしめるべきですよねっ！」

「……あぁ、そうだな」

「……なんですか？　デレ期ですか？　ついにデレ期突入な感じですか？」

なぜか六華は、警戒するかのようにちょっと俺から距離を取った。

「ホント、幸運なんだよなぁ……」

たまたま、六華と幼馴染《おさななじみ》で。

なぜか、好きになってもらえて。

拒絶したにも拘《かかわ》らず、こうして今も隣にいてくれる。

こんな幸運な男、そうそう存在しない。

「テルくん……？　なんか、変なものでも食べました……？　って、お昼は私のお弁当か……ハッ⁉　まさか、私が愛情を込めすぎたせいで愛の過剰摂取状態に⁉」

「なぁ、六華」

「はい？」

「な……」

なんでお前は、俺を好きでいてくれるんだ？

そんな質問が喉元まで出掛けたけど、どうにか飲み込んだ。

それを聞いてしまうのは、流石《さすが》に卑怯《ひきょう》すぎるだろう。

「……なんでもない」

グチャグチャとした内心に、その一言で蓋をする。

「そうですか」

六華は、微笑《ほほえ》んでそう返してきただけだった。

いつもより少し控えめに見えるその笑顔には俺の考えなんて全部見透かされているような気がして、なんとなく居心地の悪さを感じる。

それもきっと、俺の中にある罪悪感のせいなのだろう。

◆　◆　◆

その日の夜。

「おい弟、湿度が高いぞ」

「はぁ？」

リビングで寛《くつろ》いでいたところ、姉ちゃんから謎の因縁を付けられた。

「別にそんな湿《しっ》度高くも感じないけど……エアコンくらい自分でつけろよ」

文句を言いつつもリモコンを手にとってしまうのは、弟の悲しいサガってやつである。

「そうじゃなくさぁ……いつまでも辛気臭い顔してんなってお話よ」

けれど、次の言葉でギクリと顔が強張《こわば》ったのを自覚する。

「……うるせーな、この顔は生まれつきだよ」

この程度の憎まれ口が、精一杯の反抗だった。

「んなことないっしょ？　小さい頃は、ねーしゃんねーしゃんって笑顔でいつもアタシの後についてきてたじゃん。あの頃は可愛《かわい》かったのにねぇ」

「そんな可愛い照彦《てるひこ》くんはとっくに死んだんだっての」

実際、この姉を慕っていたという事実は割と黒歴史だと言える。

いやまぁ、別に今も嫌いではないんだけどさ……。

「六華ちゃんの件、いつまで保留し続けるつもりだ？」

ただ、無駄に俺の心を正確に見抜いてくるところは厄介に思っている。

ていうか、いきなり核心に踏み込んできやがって……。

「……姉ちゃんに、何がわかる」

「ぶっちゃけ、大体のことはわかってるつもりだけどぉ？」

「そんなわけ……」

ないだろう、と続けるより前に。

「照彦」

声が大きいわけではない。

しかしやけに『強く』呼びかけられた気がして、俺は口を噤《つぐ》んでしまった。

「何か吐き出したいことがある時は、素直に吐き出せ。消化も出来ないのにずっと溜《た》め込んどくと、そのうち腹ん中で腐ってくぞ？」

「チッ……こんな時ばっか真面目な面《つら》しやがって……」

「ほれほれ、人生の先輩として全部受け止めてやるからとりあえず言ってみ？　必要なら、アドバイスだってしてやるよ」

「人生の先輩っつっても一つ上なだけだろうがよ」

「にひひっ、学生の頃の一歳差ってのはデカいっしょ」

「オッサンみたいな視点で言うなよ……」

ここで茶化すのも、まぁ……たぶん、俺が言いやすくするためなんだろう。

普段は横暴なとこが目立つ姉だけど、こういう時はそれなりにこっちのことも考えてくれてるんだろうなって否応無《いやおうな》しに理解させられてしまう。

「……ちなみに、具体的にはどこまで知ってるんだ？」

実際、同じとこで足踏みを続けてる感があったのは事実。他に相談出来るような当てもないし、ダメ元で話してみるのも悪くはないのかもしれない。

「三年前、六華ちゃんから告白されたお前はそれを断った。時は流れて現在、お前を追いかけてきた六華ちゃんは大きくイメチェンしてお前にアタック中。前にフッた手前もあって、自分にそれを受け入れる資格があるのかわからず悩んでる……って、ところか？」

「……チッ」

あまりに正確な現状認識に、思わず舌打ちしてしまった。

「六華が話したってわけじゃないんだよな……？」

そう確認したくもなろうってもんだ。

「お前は、六華ちゃんが第三者にそんな話をする子だと思ってんのか？」

「……今のは、聞かなかったことにしといてくれ」

「うむ」

満足げに頷《うなず》く姉ちゃんを見てると、なんか敗北感が湧いてくるけど……まぁ、今更だ。

「……俺が」

一瞬、躊躇《ちゅうちょ》した後。

「三年前、六華をフッた理由は」

その言葉を皮切りに、話を始めた。

「俺が、弱かったから」

三年前の、俺の想《おも》いを。

「姉ちゃんは、知ってるだろ？　あの頃の俺が、キ、キャ、キャラを演、演じてたってのは」

「あぁ、ピエロやってた頃な？」

「ま、傍《はた》から見りゃそうだったろな」

苦笑気味に同意する。

当時の俺は、『明るく社交的な自分』というキャラを演じていた。勉強も運動も大して出来ないチビデブが学校で平穏に過ごすための、子供なりの知恵ってやつだ。

「そんな俺を、六華は好きだって言ってくれた」

それ自体は、嬉《うれ》しかった。本当の本当に。

だけど。

「いつも皆《みんな》を笑わせようとしていて」

それは、俺の擬態だ。

馬鹿みたいにおちゃらけることで、本当に馬鹿なのを隠していただけ。

「失敗を笑われたって怒らなくて」

それは、俺の逃避だ。

なんでもないことみたいに振る舞って、卑屈に誤魔化していただけ。

「いつだって笑顔で」

それは、俺の仮面だ。

心に渦巻くネガティブな感情に、蓋をしていただけ。

「誰からのどんな頼み事だって断らない」

それは、俺の障壁だ。

誰からも嫌われないよう、八方美人をやってただけ。

「六華が好きだって言ってくれたところは、見事に俺が演じてる部分ばっかだったよ」

苦笑が深まったのを自覚する。

「六華は、俺のことを好きだって言ってくれた。だけど、六華が好きになったのは俺であって俺じゃない。俺が作り上げた、俺の虚像でしかない」

六華が言葉を紡《つむ》ぐ度に胸が痛んだのを、昨日のことのように覚えている。

「そんな俺に、六華の告白を受け入れる資格なんてない。自分を偽っている俺が告白を受け入れるだなんて、六華に対しても失礼だろ。そう思って、断った」

その想いは、今だって変わらない。

「あの時の選択が間違ってたとは、今でも思ってない」

仮に時が戻ったとしても、同じ答えを返すと思う。

「でも」

けれど。

「俺が自分を偽ってたせいで……素の自分を晒《さら》せなかった俺の弱さが、六華を傷付けてしまったことは……本当に……」

申し訳ないとか、心苦しいとか。

そんな言葉では言い表せないくらい、後悔している。

「こんな想いを、六華に話すべきなのか……どう謝ればいいのか……いや、そもそも謝るのもなんか違う気もして……でも、何も触れないってわけにもいかないと思うし……」

どうするのが正解なのか、ずっとわからずにいる。

「今でも、六華は俺のことを好きだって言ってくれる」

本当に、意味がわからないくらい幸運なことに。

「けど」

だからこそ。

「俺は……この三年で、それなりに変われたつもりでいた。見た目もそうだし、中身も……今は、何も演じてるつもりはない。自然体で誰とでも接してる……つもりだ」

少なくとも、峰岸や鈴木相手に対してはそう出来ていると思う。

「でも、六華と接してるとどんどん自信がなくなってくる。六華の変化を実感すればするほど、自分は全然変われてないんじゃないかって気がしてくる。結局、六華相手にはそんな本音も晒せないで……それは、自分を演じてたあの頃と何が違うんだ？　本当に、俺は変われたのか？　変われてないなら……」

話しているうちに感情が高ぶってきて、くしゃっと自分の髪を握る。

「俺はやっぱり、六華を受け入れる資格なんてないんじゃないか？　また、六華を傷付ける結果に終わらせてしまうんじゃないか？」

結局のところ、それが一番の悩みだった。

「……って、思うんだよ」

気がつくと、思っていたよりずっと踏み込んだ内心を吐露してしまっていて。

今更ながらに、恥ずかしさと気まずさが訪れる。

「なるほどな？」

それでも、姉ちゃんから何かしらの答えがもたらされるのであれば。

この時間も、無駄ではなかったと言えよう。

「一通り聞いて、アタシから言いたいことは一つだな」

さて……どんな答えを示してくれるのか。

「知らんがな」

オッケー、完全に無駄な時間だったみたいだ。

「おま、こんだけ長々と語らせといて……！」

「いや、勝手に語ったのはそっちじゃん？」

「そうだけども！　焚《た》き付けたのは姉ちゃんの方だろうがよ！」

姉ちゃんの横暴は昔っからではあるけども、流石《さすが》にこれは看過し難《がた》いレベルである。

「つーかさー、弟よ」

あーはいはい、もう後は聞き流そう。

「お前、何をずっと過去についてグチグチグチグチ言ってんの？」

「……そりゃ、過去に端を発する出来事なんだから過去に立ち返るのは当たり前だろ」

そう思ったのに、ついつい反応してしまう。

「六華ちゃんが、それを望んでるのか？」

それはたぶん、姉ちゃんの言葉が正しいと直感的に理解してしまっているから。

「謝ってほしいって、言ったのか？　断った理由を教えてほしいって、言ったのか？　過去のことを清算してほしいって、一言でも言ったのか？」

ザクザクと、心に突き刺さる。

「六華ちゃんは、未《いま》だに過去を見てるのか？」

——あっはー！　テルくん、過去は振り返っちゃ駄目ですよ！　今を生きましょう！

再会直後に、六華が言っていた言葉。ぶっちゃけ、ボケの一部だと思ってたけど……そこに、六華の本心が含まれていた……のか……？

「アタシはそうは思わない。あの子はとっくに今を生きてる。お前との未来を望んでる」

たぶん、そうなんだと俺も思う。

「だったら、お前が向き合うべきは過去なのか？　違うだろ」

あぁ、きっと違うんだろう。

「今の六華ちゃんと、向き合えよ」

ストンと、その言葉が胸に落ちてきた。

俺は、ずっと過去を理由に今の六華とちゃんと向き合ってなかったのかもしれない。

結局、あの頃から変われてないのかもしれないけど……それなら、今からでも変わればいい。もちろん六華を傷付けた過去が消えるわけじゃないけど、六華がもう前を向いているっていうなら俺も……。

「あぁ、それと」

前向きな気持ちになり始めていた俺へと、姉ちゃんはついでのように付け加える。

「お前、六華ちゃんを甘く見過ぎ。あの子は、お前のもっと深いところまで知ってるよ」

そうなんだろうか？

そうかもしれない。

そうじゃないかもしれない。

俺は、六華のことについて何もわかってない。

今まで、自分のことばっかりでわかろうとしてこなかったから。

わからないことを理由に、ちゃんと向き合ってこなかったから。

六華は、ずっと真《ま》っ直《す》ぐに接してくれてるってのに。
未だに、六華の気持ちにどう応えるべきかの答えは出ていない。
でも、その答えを出すためにも。
まずは、『今の』六華と向き合おうと。
そう、思った。
そして……今度こそは。

第8章　幼馴染と向き合おう

「おっはよーございまーっす！　今日は良い天気ですし、絶好のデート日和ですねっ！」

休日になると、六華《りっか》がハイテンションで自宅に突撃してくる。

そんな状況も、すっかり日常と化していた。

「あぁ、そうだな」

初めの頃は面食らってた俺も、今となっちゃもう慣れっこだ。

「……およ？」

なんて考えていたところ、六華はなぜか俺の顔をまじまじと見つめてくる。

「テルくん、何か良いことでもありましたか？」

「え？　いや、別に……？」

本当に心当たりはなかったので、返答は曖昧なものとなった。

「なんでそんなこと聞くんだ？」

問いかけると、六華はニコリとどこか嬉しそうに笑う。

「昨日までより、なんだかスッキリした表情に見えましたので」

奇《く》しくも……と言うべきか、姉ちゃんに内心を話した翌朝だ。姉ちゃんが言ってた通り……たぶん、六華は俺が思っていたよりずっと俺のことを理解しているんだろう。

「っ……」

「テルくん？　どうしました？」

「あぁ、いや……」

急に黙り込んだ俺を不審に思ったんだろう、六華が小首を傾《かし》げる。

「今日の占いの結果が結構良くてな。それで、気分が良かったんだよ」

「おっ、それは奇遇ですねぇ！　私も今日の占い凄《すご》く良かったんですよ！　ラッキーアイテムはペンとノートと教科書！　ラッキープレイスは魚座でA型の男子のお部屋！」

「そんなピンポイントな指定ある……？　あと、ラッキーアイテム多くない……？」

「というわけでぇ……！　今日は、テルくんのお部屋で勉強会をするべく勉強道具一式を持ってきたわけですよ！」

と、六華は手にした鞄《かばん》を掲げて見せた。

「俺の部屋か……」

一瞬、答えに迷う。

「駄目……ですか？」

それを断る前フリだと思ったのか、六華は鞄を口元にやって上目遣いに問うてきた。

普段あのテンションなのに、急にしおらしいところ見せてくるのは卑怯《ひきょう》だよな……。

「……いいよ、上がってくれ」

ドアを押さえながら、六華を招き入れる。

「おっほぅ！　テルくん、ついについに私と一つになる覚悟がっ⁉」

「いや、今日は姉ちゃんずっと家にいるっぽいし。まだ寝てるみたいだけど」

そう……別に、上目遣いに負けたわけじゃないのだ。決して。

「つまり声を押し殺しながらというのも乙なもの、ということですねっ？」

「ということではない」

負けたわけじゃないけど……もうちょっとしおらしい期間が長いと嬉《うれ》しいな、という気持ちもないことはない……。

「そういえば、おじさまとおばさまは今日デートだそうですねー」

「相変わらず情報が筒抜けだな……」

「昔っからのラブラブっぷり、変わっていないようで何よりです」

「子供としちゃ、目の前でイチャつかれるのは若干キツいもんがあるけどな……」

「いいじゃないですかー！　私たちもー、そんなラブラブ夫婦になりましょうねっ！」

俺の立場だと、絶妙にリアクションしづらいな……。

「ところで、勉強会って何するつもりなんだ？　中間はまだ先だろ？」

結局、そんな話題で誤魔化す。

「テルくん、勉強というのは日々の積み重ねが大事なのですよ。テストが遠いからといって気を抜くのは感心しませんねぇ」

「まぁ正論ではあるけどさ……」

「とはいえ、とりあえずは宿題でも片付ける感じで良いかと」

「そうするかー」

なんて雑談を交わしながら、俺の部屋へと向かった。

「じゃじゃんっ」

ローテーブルを挟んでお互い座ったところで、なぜか六華はドヤ顔で鞄に手を突っ込み……取り出したのは、メガネだった。

それを装着すると、昔の姿を思い出して懐《なつ》かしい気持ちに…………あんまり、ならないな？　小学生の頃にしてたメガネは野暮ったい大きなメガネだったのに対して、今かけてるのは細身でスタイリッシュなものだからだろう。文学少女というよりは、出来るビジネスウーマンって感じの印象かな？

いずれにせよ、再会してからは初めて見るメガネ姿だ。

「メガネ、そういや普段はかけてないけど大丈夫なのか？」

「今はもう、外ではずっとコンタクトですので。ちなみにこれも伊達《だて》メガネです」

ドヤ顔のまま、六華はクイッとメガネを押し上げた。

「なんでわざわざ……」

「家庭教師といえば、やっぱりメガネでしょう！」

六華のドヤ顔が留まることを知らない。

「つーか、家庭教師って……？」

「この私がやさし〜く教えてあげますので、わからないところがあったらどんどん六華先生に聞いてくださいね！」

「あぁ、うん……サンキュ……」

そういえば、昔はよく六華に勉強を教えてもらってたよな。六華は成績優秀で、俺は落ちこぼれって程でもなかったけど出来る方じゃなかったから。

ただ……まぁいいや。

「とりあえず、始めるか」

「はいっ！」

気合い十分といった感じで頷《うなず》く六華と共に、教科書とノートを開く。

時計の針が進む音とノートに字を書く音だけが響く室内で過ごすこと、数分。

「……テルくん、わからないところはないですか？」

ふとした調子で顔を上げた六華が、問うてきた。

「今のところは大丈夫かな」

「そうですか……」

俺の答えを受け、どこか残念そうな表情で再びノートへと目を落とす。

そこから、更に数分。

「テルくん、そろそろわからないところが出てきたのでは？」

「いや、特には」

「そうですか……」

また、数分が経過し。

「テルくん、ちょっとでもわからないと思ったら聞いてくれていいんですよ？」

「流石《さすが》に、まずは自分で考えないと身にならないだろ」

「それはそうですけど……」

　そして、数分。

「テルくん、私に遠慮しているのであれば……」

「六華」

　流石に四度目ともなると、俺も苦笑気味に応じざるを得ない。

「わからないところがあったらちゃんと聞くから、まずは自分の宿題に集中してくれ」

「……はーい」

　拗《す》ねたように唇を尖《とが》らせる六華。

「ほらそこ、公式間違ってるじゃないか。らしくもない」

　なんとは無しに見た六華のノートに間違いを見つけ、これまた苦笑と共に指摘した。

「え……？　……あっ、ホントだ」

　数秒ジッと該当箇所を見つめた後、六華はパチクリと目を瞬《しばたた》かせる。

「……テルくん」

　次いで、なぜかジト目を向けてきた。

「つかぬことを伺いますが……こないだの実力テストの総合点、学年何位でした？」

「十三位だけど……」

「くあっ⁉　普通に負けてるじゃないですか⁉　私、十五位ですよ⁉」

「言うほど変わらんだろ……」

「変わらないのが問題なんですよ！」

何やら、謎の地雷を踏んでしまったようだ。

「はーっ、手取り足取り教えてあげて私の虜《とりこ》にする作戦が……」

まぁ、なんとなくその作戦は見えてた。

「……でも」

ふと、六華が表情を緩める。

「テルくん、勉強も凄く頑張ったんですね。受験する高校のレベルをおばさまから聞いた時点でも驚きましたけど……正直、私の予想を遥《はる》かに超えてました」

その微笑《ほほえ》みは、バスケの時と同じく我が事のように喜んでくれているように見えた。

「……まぁ、な」

実際、俺としてもかなり頑張ったつもりではある。

中学入学時点では平均以下だった成績を、県内上位レベルにまで引き上げた。部活と並行してってのは、正直辛《つら》かったけど……今にして思えば、六華にしてしまったことへの罪悪感から来る現実逃避って部分もあったような気がする。

「六華のおかげだよ」

だから、結果的にはそういうことになるんだろう。

もっとも、当然ながら当の六華は鳩《はと》が豆鉄砲を食らったような表情だ。

「ほへ？」

「なぜ私が出てくるのかはわかりませんが……」

不思議そうに、首を傾げて。

「テルくんの努力は、テルくんだけのものですよ」

もう一度、微笑んでくれる。

「……サンキュ」

なんとなく照れ臭くて、そう返すことしか出来なかった。

◆　◆　◆

その日の夜、明日の予習のため机に向かっていた時のこと。

スマホが着信音を掻《か》き鳴らし始めたので確認すると、ディスプレイには『六華』と表示されていた。別に、これが初めてってわけでもない……というか毎夜の如《ごと》く電話してくるんで、すっかり慣れっこだ。スワイプし、通話を開始する。

「はい、もしもし」

『どもども！　愛《いと》しの彼女の声をお届けする六華ちゃんラジオの時間が今夜もやって参りましたよ！　パーソナリティーは、もちろん貴方《あなた》の月本《つきもと》六華でっす！』

「はいはい」

『むぅ、テルくんのリアクションも随分と薄くなったものですねー』

なぜか毎度工夫を凝らした口上で始まるものの、流石にそれにも慣れてきた。

ここから、六華が何かしらの話題を出して雑談に入るのがいつものパターンだ。

『時に、テルくん』

「うん？」

けれど、今回は少し声が改まったように思えて首を捻《ひね》る。

『私、もしかしてテルくんの部屋にペンケースを忘れていってません？』

「んー……？」

言われて、部屋の中を軽く探してみた。

すると、六華が座っていた座布団《ざぶとん》の陰にペンケースを発見する。宿題を終えた後にしばらく雑談してたんで、たぶんその時適当に置いといたのを忘れていたんだろう。

「あぁ、置いてってるな」

『あっ、良かった！　やっぱりテルくんの部屋にあったんですねー！』

スマホ越しに、安堵《あんど》が伝わってきた。

『それじゃ申し訳ないんですけど、明日学校に持ってきてもらっていいですか？　放課後に受け取りますので』

「それは構わんけど……放課後でいいのか？　朝のうちに渡した方がいいだろ」

……そういえば。

放課後一緒に帰るのは通例になってるけど、朝は一緒に行ったこと一度もないな？

ふと、そんなことを思った。

『あぁいえ、お気遣いなく！　一通り予備はありますし！』

「そうか……？」

本人がそう言うのなら、俺としてもこれ以上強く言うつもりはないけども。

「じゃあ、明日持ってくわ」

『はいっ、よろしくお願いしますねー』

ザパァッという音と共に、六華の返答が鼓膜を震わせる。

……ザパァッ？

『あっ、今から身体《からだ》洗うんでちょっと雑音入るかもしれませんが気にしないでください』

「って、どこから電話してきてんだ……？」

『どこって、お風呂《ふろ》場ですけど』

「どこから電話してきてんだ⁉」

思わず同じ言葉を繰り返してしまった。

『あはー、別にいいじゃないですか。ビデオ通話なわけでもなし』

「それはまぁそうなんだけども……」

そこで少し間が空き、スピーカーからは何かが擦れるような音だけが響く。

否応無《いやおうな》しに、頭の中には向こうの状況を想像した映像が浮かび始めて……。

『むふっ、想像しちゃいました？』

「っ⁉」

絶妙なタイミングで六華のからかう声が入って、ビクッと身体を震わせてしまった。

『……あれ？　もしかして、本当に想像してた感じですか？』

「あ、いや……」

否定の言葉に詰まってしまった時点で、肯定を意味するようなもんだろう。

『あ、ははー。そうですかー』

こういう時、表情が見えないっていうのはなんか怖いな……。

『それじゃせっかくなので、サービスで実況しちゃいますよっ！　私は左腕から洗い始め

る派なんですが、ただいま両腕を洗い終わりまして』
まんまと六華の策略にハマってることを自覚しつつも、聞き耳を立てるのをやめること
が出来なかった。悲しい男のサガってやつだ。
『ちょうど今、首筋の辺りを洗ってて──』
ゴクリ、と知らず己の喉が鳴る。
『続いて、お……』
……お？
『お……』
お？
『お、おっ……』
なんだ？　急に電波でも悪くなかったか……？
『おっぱ……って、もう！　テルくんのエッチ！』
「えぇ……？」
今の、俺が悪いのか……？
ていうか、六華の羞恥ポイントって割と謎だよな……。

◆　◆　◆

翌日、放課後。

「ほい、ペンケース」

「ありがとうございます～！　助かりましたっ！」

例によって校門で合流した俺たちは、ペンケースの受け渡しをしていた。

日中のうちに六華のクラスまで届けに行くことも考えたんだけど、今日に限って休み時間にやたら用事が入って結局放課後になっちゃったんだよな……まぁ、本人も放課後でいいって言ってたわけだけど……。

「今日一日、大丈夫だったのか？」

「はい、一日くらい余裕ですっ！」

俺の問いに、六華は笑顔で頷《うなず》いた。

「それよりテルくん、この後は空いてます？」

「ん？　あぁ、空いてるよ」

というか最近は、放課後は六華と過ごす前提で空けるようにしてるんだけど。

「それじゃ図書館に行きません？　そろそろ返却期限が近づいてきていますので」

「ん、そういやそうだな」

「一旦、テルくんの家に寄ってから行きましょう。こないだ一緒に借りた本、今日は持ってきてませんよね？」

「いや、ちょうど昨日の夜に読み終わって鞄《かばん》に入れてある」

六華との通話を終えた後に気持ちを鎮《しず》めるべく、一気に読んだからな……。

「それはナイスタイミングですね」

「だな」

と、笑い合って図書館に向けて歩き始めた俺たちだったけど。

結論から言うと、ここで行くのはあまりナイスなタイミングではなかった。

十数分後。

「だはぁっ！　すげぇ降ってくるじゃん！」

「天気予報が晴れだったので完全に油断してましたねぇ……！」

激しい夕立に降られた俺たちは、ダッシュで図書館の軒先に転がり込む。

「いやぁ、降り始めた時に諦めて近くに退避しとくべきでした……」

「そうだな……」

もうちょっとで着くからと、図書館行きを強行したせいでびしょ濡《ぬ》れだ。

「今日、体育あったおかげでタオル持ってて良かったわ……」

「同じくです……」

お互い鞄からタオルを取り出し、身体を拭き始める。

「借りてる本は無事でした？」

「あぁ、鞄の中までは濡れてないみたいだ」

「不幸中の幸いですねぇ」

「だな……」

「あぁ、そういえばテルくん」

「うん？」

呼びかけられたので、六華の方に目を向けた。

何の他意もない行動だ。

「うんっ!?」

けれど、そこに見えた光景に慌てて顔ごと視線を逸《そ》らす。

「……？　どうかし……っ!?」

視界の端で、六華が慌てて胸元を腕で隠す様が見えた。

水色か……。

「あ、ははー。眼福でしたねーテルくん」

それは否定しない。

ていうか改めて、随分と『成長』したもんだよなぁ……前にもシャツ越しに見てそう思ったけど、今回はシャツがピッタリ張り付いた上で透けてたから尚更《なおさら》……って、何を考えてんだ俺は……流石《さすが》にこれは、我ながらキモい……。

「んふふ、テルくんが見たいならもっと見てくれてもいいんですよぉ？」

そんな俺の内心を見透かしたみたいに、六華はイタズラっぽい声で言ってくる。

抗《あらが》いがたいその囁《ささや》きに誘われて、ソロリと再び目を向けてしまった。

すると。

「……それが、もっと見られてもいい奴《やつ》の格好か？」

タオルと腕でガッチリと胸元をガードしている姿が視界に入ってきて、思わずそうツッコミを入れる。や、別に残念に思ったからじゃないし……。

「いやいや、何をおっしゃるやら！　このセクシィポーズが目に入らないとでも!?」

そう言いながらも、六華は上半身を全力で背けていた。

どうやら、言葉と行動が一致しないバグ的なものが発生しているらしい。

最近わかってきたこと。六華って自分からシモネタ的なこと言ったり俺に触れたりするのは大丈夫なんだけど、突発イベントとか俺の方からのアクションには弱いっぽい。

「俺はそっちの方見ないようにするから、さっさと身体拭けって」

苦笑しながら、言葉通り背を向ける。

「まったくもぅ、テルくんったらヘタレですねぇ。せっかく、こんな素敵な据え膳が目の前にあるっていうのに」

その据え膳、ガラスケース的なもので保護されてない？

「いいから、風邪引くぞ」

「……はい」

流石に六華も無理があると悟ったのか、今度は素直に身体を拭き始めたみたいだ。

しばし、お互い無言の時間が続く。

「……ふふっ」

ふと、背中越しに六華の笑い声が聞こえた。

「私たち、なーにやってんですかね。こんな、図書館の軒先で」

「……まったくだな」

俺も、小さく笑う。

ホントに、馬鹿みたいだ。

けど……六華となら、こんな馬鹿みたいな時間も悪くはないと。

そんな風に感じているのも、確かだった。

◆　◆　◆

高校生活……それから、六華と過ごす日々にも慣れ始めた頃。

「なぁ、天野《あまの》。ちょっと話があんだけどさ」

連れションからの帰り、鈴木《すずき》がふとした調子でそんなことを言ってきた。

「なんだよ、改まって」

珍しく妙に真面目くさった顔に見えて、俺もちょっと身構える。

「月本さんと付き合ってること、やっぱ王子には言っといた方がいいんじゃね？」

だから、続いた言葉に何とも微妙な表情を浮かべてしまった。

「いや、わかる！　お前の言いたいこともわかるよ！」

俺が何か言う前に、鈴木が手の平を突き出してくる。

「彼女が出来たからバスケ部にゃ入りません、とは熱心に誘ってくれてる王子には言いにくいよな！　けど、それを隠してる方が不誠実なんじゃないかっ？」

まぁ確かに、事情を伏せている現状について不誠実だとは思ってるけども……。

「まして、王子は月本さんと友人関係でもある！　だからこそ言いにくいってのもあるのかもしれんけど、やっぱ付き合ってるってことは言うべきだと思うんだよ！　変なとこから漏れ聞くよりは、お前から直接聞いた方がまだ……」

「いや、あのな……俺と六華は……」

続けて捲《まく》し立ててくる鈴木相手に、とりあえず否定の言葉を返そうとしたところ。

「へぇ？　天野って月本さんと付き合ってるんだ？」

『うぉわっ⁉』

後ろから美形が俺たちの間に割り込んできて、揃《そろ》って声を上げてしまった。

だから近《ちけ》ぇんだよ⁉

「ごめんごめん、驚かせちゃった？」

顔を引きながら、峰岸《みねぎし》はイタズラっぽく笑う。

「っと、それより水臭いじゃない天野」

それから、少し眉根を寄せた。

「というかそういう意味では、月本さんも水臭いよねぇ。私、これでも結構仲良くさせてもらっているつもりだったんだけどなぁ。こんな重要なこと話してくれてないなんて」

次いで、少し悲しげな表情となる。

「や、じゃなくて、俺ら付き合ってねぇから」

そんな顔をさせるのも忍びなく、慌て気味に否定した。

「ん、そうなの？」

「お前、まだそんなこと言ってんの？」

目をパチクリと瞬《しばた》かせる峰岸と、呆《あき》れ顔になる鈴木。

「放課後はいっつも校門で待ち合わせてどっか行ってるし、休日一緒にいるのを見かけたって目撃談も結構聞くぜ？　これを付き合ってると言わずして、何と言うんだっての」

「あぁ、それは完全に付き合ってるねぇ」

「まぁ……」

客観的に見て、否定しづらいところではある。

「おめでとう、天野。お幸せにね」

そして、王子スマイルで言われるとますます否定しづらい……。

「……王子的には、そのリアクションでいいわけ？」

「うん？　流石に、これ以上の祝福の言葉は過剰だと思うんだけど」

「そうじゃなくて……」

「……？」

言葉を濁す鈴木に、峰岸は何を言いたいのかわからない様子。

「あのな、前から言ってるだろ？　俺と峰岸は、そういうんじゃねぇの」

「……あぁ、なるほど？」

けれど、俺の言葉でようやくピンと来たみたいだ。

「天野の言う通りだよ。私は天野に対して恋愛感情なんて抱いてないし、もちろん天野もまた然り。純然たる友人関係さ。ねっ？」

「そういうことだ」

「……あっそ」

鈴木は、小さく言ってプイと顔を逸らす。

コイツ、さては俺と峰岸がそういう関係だった方が面白いとか思ってやがるな……？

「そんなことより、月本さんだよ」

笑顔を戻して、峰岸はパンと手を鳴らした。

「いいよねぇ、月本さん。正直に言えば、最初はもっと軽い感じの子かと思ったんだけど
……品があって、だけどユーモアにも富んでいてさ」

ユーモアはともかく、品はあまりないと思うんだが……？

「ははっ……やかましい奴だろ？」

「？　いや、むしろ物静かな印象の方が強いけれど？」

「？」

お互い、顔に疑問を浮かべ合う。

峰岸にとっては、六華でさえも静かな子猫ちゃんってことか？　それとも、流石の六華も、『王子』の前だとあのテンションを発揮出来てないってことなんだろうか。まぁ峰岸、こっちから距離を詰めれば詰めるほど向こうからも詰めてくる傾向にあるからな……六華に対しては相性勝ちってところか。いや、何が勝ちなのかわからんけど。

「それに、身持ちもしっかりしてるよね。男バスの結構女子人気がある先輩がちょっかい出したこともあるみたいだけど、取り付く島もなかったって聞いてるよ。それも、キミってお相手がいたからなんだねぇ」

これに関しては、『結構女子人気がある先輩』とやらより『王子』と一定以上接した上で特に何もないという事実の方が身持ちの固さを証明しているような気がしなくもない。

「月本さんが変な男に引っかかったりしたら、物申すことも辞さない覚悟だったけど……天野なら安心だよ。凄くお似合いだしね」

「そう……かぁ？」

かなり懐疑的な声が漏れた。

実際、俺と六華じゃ釣り合ってる気がしないからな……。

「ははっ、何を謙遜してるのさ。キミだって十分魅力的なんだから自信を持って」

『王子』に言われると、根拠もなく信じちゃいそうになるけど……流石に、そう簡単にこの価値観は払拭《ふっしょく》されはしない。

「いやぁ、良いことを聞いたなぁ。めでたいめでたい」

言いたいことだけ言って、峰岸は去っていった。

……にしても、峰岸と六華か。今まであんまり気にしたことなかったけど、考えてみればどんなこと話してんのか想像つかねぇな。

「……あれ？」

と、そこまで考えてふと気付いた。

そういえば……俺、峰岸と話してるとこどころか一回も校内で六華を見たことなくね？

最初の頃は、自分の人間関係構築に手一杯なのかと思ってたけど……流石にもうそんな時期は過ぎてるし、少なくとも峰岸との関係は上手《うま》くいってるような口ぶりだ。

まぁ正直、学校でまでグイグイ来られても困るからありがたいところではあるんだけど。

たぶん、六華もそう思って気を使ってくれてるんだろうな。その辺りの気配りが昔と変わってないってのは、何度も実感してることだし。

ただ……そうなってくると、ちょっと興味が湧き上がってくるのも事実だった。

学校じゃ、六華はどんな風に過ごしてるんだろうか？

特に、峰岸との会話がどんな感じかってのは割と気になるなぁ……。

◆　◆　◆

というわけで、その日の帰り道。

「なぁ六華、峰岸といつもどんなこと話してんだ？」

当然の如く一緒に帰っている六華へと、直接尋ねてみた。

「なんですか、藪《やぶ》から棒に」

「いや、なんとなく気になって」

別段深い意味があったわけでもないので、そう答えるしかない。

「そうですねー、やっぱりテルくんの話題が多めでしょうか」

「俺の……？」

意外に思って、首を捻《ひね》る。

「一番共通する話題ですからね」

「あぁ……まぁ、確かにな」

そもそもが、俺経由で繋《つな》がったようなもんだし。

そうなるのも自然なことかもしれない。

「むふふー、中学時代のテルくんのこと沢山聞いちゃってますよー？」

と、六華がニンマリと笑った。最初の頃は自分の知らない俺について話す峰岸に嫉妬してたようだけど、今はもうそういうこともないみたいだ。

「俺の恥ずかしい過去をか？」

峰岸なら、そりゃ俺のその手のエピソードなんて山程知ってるだろう。

「いえいえ、中学生のテルくんも格好良かったというお話ですよー！」

と思いきや、六華はそんなことを言い出した。

「特に格好良かったのは、三年生の全中での県大会決勝！　残り五秒でパスを受け取ったら普通は焦《あせ》ってすぐにシュートに行くところを、テルくんは冷静にワンフェイントを挟む！　完全に引っかかった相手を抜き去った後のシュートで、見事逆転優勝！　いやぁ、漫画みたいで痺《しび》れる流れですねぇ」

身振り手振りも交え、熱く語る。

「まるで見てきたかのような口ぶりだな……」

実際、言ってること自体は事実だけど。

「いやぁ、峰岸さんがお話し上手ですので！　臨場感たっぷりに、まるで舞台上の俳優さんみたいに語ってくれるのですよ！」

「あぁ……」

その様がありありと想像出来て、微苦笑が浮かんだ。

「ちなみに、峰岸さんが語っている間はクラス中がオーディエンスになります」

「あぁ……」

その様もありありと想像出来て、今度は半笑いが漏れる。

「他にも二年生の時の『東西宿命の対決』とか一年生の時の『ニシローランドゴリラ、ゴリラ・ゴリラ・ゴリラ事件』とか、色々と聞いてますっ」

「それについては俺も初耳なんだが……」

まぁ、峰岸がなんか適当に脚色して名付けてるんだろう。

なんとなく、あれのことなんだろうなって想像はつくし。

「いやぁ、本当に峰岸さんの語るテルくんは……」

そこで、六華は言葉を切って。

「格好いい、です」

なぜか、俺にジト目を向けてきた。

「峰岸さんがそう思ってるからなんでしょうねー？」

どうやら、またあらぬ誤解をしているらしい。

「峰岸が語ったら誰の話でも英雄みたいに格好良く感じるってだけだろ」

なにせ、語り手が『王子』なんだからな。

「……そうですかねー？」

六華の目から、疑わしげな色は消えない。

「つーか、俺の恥ずかしエピソードはホントに聞いてないのか？」

「そうですね、格好いいお話ばっかりですよ」

「……まぁ、考えてみれば人の恥ずかしい過去を勝手に人に話す奴《やつ》でもないか」

「ほーん？　へー？　お互いのことをよーく理解し合ってらっしゃるんですねー？」

……なんか峰岸関連、六華の地雷多くない？

ていうか、やっぱり未《いま》だに峰岸相手に嫉妬してるのか……。

「……俺の一番の理解者は六華だよ。今も、昔もな」

少し照れくさかったけど、そう本心を伝える。

以前の俺なら、こんなことをハッキリと口には出来なかったろう。

俺にそんな資格はあるのか、って想《おも》いがブレーキをかけて。

だけど、そういう後ろ向きなのはもうやめようと思う。

「……そう、ですか」

んんっ……？　なんだ、そのテンションの低いリアクション……あれか、ちょ、ちょっと流石《さすが》にクサすぎたか……？

「あっはー！　何を当たり前のことを言っているのでしょう！　この月本六華は、日本で唯一のテルくん検定一級の持ち主ですよ！」

かと思えば一転、今度はドヤ顔で胸を張った。

さっきのは、ただの溜《た》めだったのか……？

「どこで審査されてるんだよ、その検定は……」

「天野家（ただしテルくんを除く）によって合否が判定されます」

「微妙にリアルで嫌な設定だな……」

つい、苦笑してしまう。

「それで、六華の方は昔の俺のことを峰岸に話してるわけだ？」

これ以上掘り下げてもしゃーないので、話を戻すことにした。

「いえ……それは、あんまり」

「ん？　そうなのか？」

てっきり、お互いが自分の知ってる俺の話をしてるんだと思ってたけど。

「まぁ、峰岸は俺の昔のことになんて興味はないか」

だけど、これも考えてみれば当たり前の話だった。

「いえ、そんなことはないですよ。むしろ、凄《すご》く聞きたそうな雰囲気を感じます」

「そう……なの？」

王族が庶民の暮らしに興味を持つ、みたいな感じなんだろうか。

「なら、別に話してくれてもいいんだぞ？」

正直、あまり振り返りたくない過去ではある。

でもまぁ、六華なら俺が本当に話してほしくないところを語ったりはしないだろう。

「いえ、というよりも」

と、六華は自身の胸に手を当てる。

「テルくんとの思い出は、私の胸だけにしまっておきたいので」

それから、ふわりと微笑《ほほえ》んだ。

それは、昔を思い出す穏やかなもので。

「っ……」

思わず、顔を逸《そ》らしてしまった。

「おま、急にそういうのは反則だろ……」

「？　そういうの、とは？」

視界の端に、六華のキョトンとした表情が見える。

「その……そういう、可愛《かわい》いの」

「ふぇっ⁉」

だけど俺が本心を伝えると、明らかに動揺した様子を見せた。

「あ、えと、その…………ありがとうございます？」

どう返せばいいのかわからなかったんだろう。

六華は、赤くなった顔を少し俯《うつむ》けながらなぜか礼を言ってきた。

「いや、その……」

そして、俺もそれに対してどう返せばいいのかわからない。

「…………」

「…………」

結果、お互いにもじもじと顔を背けたまま謎の沈黙が流れた。

「あっ、えっと、てことは、アレなんだな」

その気まずさを打破すべく、適当に何か話題を……。

「峰岸と話す時は、専ら六華が聞き手って感じなのか？」

「そうですね、そんな感じです」

どうにか会話が繋がって、六華もちょっとホッとしているように見える。

あと、これで謎も解けたな。

いかな六華といえど、聞き手に徹すればこのテンションも発揮はしきれないだろう。

それが、峰岸のあの印象を生んでたってわけだ。

納得納得。

◆　◆　◆

とある休日。

俺は、久々に一人で街に出ていた。

基本的に休日は六華と一緒にいることが多いけど、常にってわけでもない。

今回、六華は用事があるらしく……昨日の夜に『すみません、明日はちょーっと用事が出来たのでテルくんのおウチには行けません！　その代わり、テルくんが寂しくないよう六華ちゃんとっておきのセクシーショットを送っちゃいますね！』ってメッセージが、ちょっと際《きわ》どい格好の自撮り写真と共に送られてきた。

なお、その一分後くらいに『やっぱさっきの写真は消してくださいぃぃぃぃぃぃ！』ってメッセージが来た。何がしたいんだろうな、アイツは……ちなみに写真については、密《ひそ》かに保存させていただきました。

そんなこんなで、たまには街をブラブラしてみようと思ったわけだ。

つーか、思えば今までこんな時間なんてなかったよな……小学生以前は大概六華と一緒だったし、中学時代は部活一色、高校生になったらまた六華と……って。

「ん……？　あそこにいるの、六華か……？」

前方、待ち合わせスポットとしてよく使われる謎のオブジェの前で所在なさげに立っている六華を見つけて思わず呟《つぶや》く。

友達と待ち合わせ中かな？　邪魔しちゃ悪いし、ここは見なかったことにして……。

「……む」

踵《きびす》を返す直前、六華に近づいていく二人組の男が見えて思わず呻《うめ》く。

たぶん、そういうアレだよなぁ……まぁ今の六華なら大丈夫だとは思うけど、一応露払いはしてやるか。そう思って、足早に六華の方へ。僅差だったけど、ギリで男たちより先に辿《たど》り着くことが出来た。

「よう、待ったか？」

さも待ち合わせ相手かのように振る舞うと、男たちは舌打ちして去っていく。

よし、セーフ……。

「……？」

俺が密かに安堵《あんど》する中、六華が不思議そうな表情で顔を上げて。

「ぴぁぅ⁉」

なぜか、俺の顔を見た瞬間に奇声を上げた。

「て、てる、てるてるてるテルくんくん⁉」

「DJのスクラッチか？」

よくわからんけど、なんか驚かせてしまったらしい。

「なんでここに⁉」

「あー……驚かせて悪い。今、たまたま見かけて……」

一応、状況を説明しようとしたところで。

「ごめん、その子は私の連れなんだ。今回は遠慮してもらえないかな？」

そんな声と共に、後ろから肩を叩《たた》かれた。

「ん……？」

「あれ……？」

振り返ると、そこで意外そうに片眉を上げているのは峰岸。

「なんだ、天野だったのか。これは失礼」

と、片手を手刀状にして謝意を示してくる。

「いや、別にいいんだけどさ。今日、六華と待ち合わせって峰岸？」

「うん、そうだよ」

なるほど。てことは、余計な手出しだったな。

さっきの感じ、俺が出なくとも『王子』が見事に撃退してくれていたことだろう。

「そりゃ悪い、デートのお邪魔をしちまったな」

「あっ、やっ、違っ……！」

冗談めかして肩をすくめると、大慌てで六華がブンブン首を横に振る。

「いや、わかってるって……冗談だから、そんな焦《あせ》って否定しなくても」

まぁ確かに、『王子』相手だと若干洒落《しゃれ》になってなかったか……？

「そうそう、君の王子様はもう決まってるみたいだしね」

と、峰岸はウインク一つ。

いちいち絵になる奴《やつ》め……。

「端から見りゃ、王子様とお姫様とお付きの者である俺って感じだと思うけどな」

自然、苦笑が浮かぶ。

そして、こんなことを言うとたぶん六華は「そんな、お姫様だなんて……テルくん、なかなか良いことを言いますねぇ！」ってな感じで……。

「あうあうあう……」

来るかと思ったんだけど……コイツ、なんでさっきからずっとテンパってんの……？

「六華、マジで俺は誤解とかしてないからな？　峰岸相手に……つーか誰と出掛けてようと、お前の気持ちを疑うつもりなんて微塵《みじん》もない」

「あ、あう……」

念のため心からの言葉を伝えると、六華は顔を赤くして俯いてしまった。

峰岸の前でこういうこと言うのはだいぶ恥ずかしいけど……これからは、ちゃんと前向きに向き合おうって決めたからな。

あぁ、峰岸といえば……。

「そういえば、峰岸……峰岸？」

「…………」

振り返ると、峰岸はポカンとした表情でこちらを見ていた。

珍しい、ちょっと間の抜けた感じの顔だ。

「どうかしたか……？」

「あぁ、いや、その……」

問いかけると、ようやくハッと我を取り戻した様子。

言葉を探すかのように、視線を左右に彷徨《さまよ》わせて。

「本当に付き合っているんだな、と思ってさ」

どこか困惑が混じったような表情で、そう口にする。

前にも言った通り、付き合ってはいないんだけどな……その、今はまだ。

「キミが意外と情熱的なもので、驚いていたんだよ。うん、なんだか新鮮というか……胸がムズムズするような、妙な気分だね」

微苦笑を浮かべて、自らの胸を押さえる峰岸。

「悪かったな……」

似合わないことしてるのはわかってるよ。

「ははっ、悪いとは言ってないよ。ところで、さっき何か言いかけてなかった？」

「あぁ、うん。峰岸、今日部活は？」

「先輩方が今日、遠征でね。一年は午前で練習終了だったんだ」

「なるほどな」

「それで、せっかくだからと思ってさ。月本さんに前から頼まれていた通り、中学時代のキミの好みを反映させた服選びを……」

「わわわっ！　峰岸さん、それは……！」

「っと、失礼。本人の前で言うことじゃなかったね」

まぁ、もうほとんど言っちゃってたけどな……。

「あの、えっ、と……」

六華は、なぜかオロオロとした様子で俺と峰岸の顔を交互に見る。

「んっ……！」

それから、気合いでも入れるかのように口を引き結んだ。

「突如猛烈な尿意が襲ってきましたので、ちょーっとお手洗い失礼しますねっ！」

次いで横にしたピースサインを右目の前に持ってくるという恒例の謎ポーズを取ったかと思えば、猛然と走り去ってしまった。

『……？』

俺と峰岸は、疑問符混じりにそれを見送る。

「彼女、どうしたの……？」

「だから、猛烈な尿意に襲われたんじゃないのか……？」

本人がそう言っていた以上、俺にはそうとしか返せない。

「そういうことじゃなくてさ、今の……」

峰岸は、六華の去って行った方を指差して。

「……いや」

思い直したかのように、首を横に振った。

「キミに言うのは良くない案件なのかもね」

「……？」

何かを察した様子だけど、どういうことだ……？

この人、鋭いんだけど鋭すぎて常人には考えが読めないことが多々あるんだよな……。

「時に、キミはどうしてここに？」

もう、今の話は終わりってことらしい。

別にいいけどさ……。

「この辺りをブラブラしてたんだけどな？　たまたま六華を見つけて、そしたらそこに近づこうとしてる奴らがいたからさ」

「なるほど、ナイトの登場に至ったというわけだ」

「ま、王子がいるなら不要だったわけだけど」

「そんなことはないさ。月本さんも、私に助けられるよりキミに助けられる方が嬉《うれ》しいに決まってるじゃない」

「そう……か？」

いやまぁ俺としてもそう思いたいところなんだけど、さっきのリアクション的に怪しいよな……つーか、今の一連の流れはマジで何だったんだ……？　新たな芸風でも模索してるんだろうか……？

「まぁいいや。今日は六華のこと、頼んだぜ」

だから、俺はどういう立場でこれ言ってんだろうな……。

「心得た」

だけど疑問に思った様子もなく、峰岸は芝居がかった仕草で一礼してくれた。

普通に考えれば、美少女が二人ともなればナンパの食いつきも倍以上になるところだ。

でも、そこはこの『王子』。姫との時間を邪魔するべからずってオーラを周囲が勝手に感じ取って、むしろナンパ避けになる……らしい。

まぁ六華も峰岸もナンパなんて慣れっこだろうし、対応は心得たもんだろう。

「んじゃ、俺は行くわ」

「うん、また学校で」

さしたる不安もなく、峰岸と片手を上げ合って別れる。

さっきの六華の様子は気になったけど……ま、普段からあのハイテンションだ。たまには調子が狂う時だってあるんだろう。

そう考えて、納得しておくことにした。

◆　◆　◆

その翌日、学校にて。

それは、別段確固たる意思を伴っての行動ってわけではなかった。

先生からの頼まれ事で職員室に行った帰り、ふと思っただけに過ぎない。

（そういや、十組ってこの上か）

六華のクラス。

そちらに足を向けてみたのも、ただの気まぐれに過ぎない。

「そういえば、月本さんさ」

ちょうど十組の前を通りかかったところでそんな声が聞こえてきて、思わず足が止まった。隠れるような格好でそっと中を窺《うかが》ったことにも、特に意味はない。なんとなく他クラスを堂々と覗《のぞ》き見るのが気まずかっただけ。

「天野と付き合ってるんだよね？」

今話しているのは、峰岸だ。

「あっ、やっぱりそうなんだー」

「まぁそうなんだろうなって思ってたよ」

「ウチの中学じゃ、狙ってる子も多かったんだけどねー。月本さんレベルじゃないと無理だったかー。そりゃ全員玉砕もするわ」

他に女子が三人いて、六華が囲まれているような形。

俺としては、「いやぁ、ラブラブカップルっぷりがこんなところにまで伝わっているだなんて少し照れますねー！」とかって感じの返しを想像したんだけど。

「ううん、付き合ってないよ」

六華は、控えめな笑みと共にそう答えただけだった。声量も小さめで、たまたま出入り口に近いところで話していなければ俺には聞こえなかったかもしれない。

なんだ……？　やっぱり峰岸相手だと大人しめなのか……？

つーかテンションはともかくとして、なんで敬語まで外れてるんだ……？

…………………んんっ？

なんだろう、この違和感というか……胸がざわざわする感じ。

「んー、確かに天野も付き合ってないとは言ってたけど……」

「あっ、わかった！　じゃあ、付き合う直前って感じだ？　一番いい時期じゃん！」

「それも……違う、かな」

六華は、他の女子と話す時も同じ調子だ。

峰岸の前だから？

いや、違う。

奇妙な確信が胸にある。

「えー？　でも、いっつも校門前で天野くんと待ち合わせしてるよね？」

「あれは、私が勝手に待ってるだけだし……」

「天野くんが待ってる時もあるじゃん？　それに、文句言われたりしてないんだったら絶対向こうも好意持ってるっしょ」

「どうだろう……テルくんは、優しいから」

「ほらもー、『テルくん』って呼び方がもう彼氏に対するものじゃん！」

「昔っからそう呼んでるからってだけだよ」

俺は、知っている。

「えー？　それってもしかして、昔っからキープされてるってことじゃ……」

「違うよ」

「え……？」

「テルくんは、そんな人じゃないよ」

そして、その事実を認識した瞬間。

俺の胸に走った衝撃は、とてつもないものだった。

「お、おぅ……急になんか笑顔が怖くなったような……いや、まぁ、そうだよね。今のはウチが悪かったよ、ごめん。好きな人を悪く言われたら、いい気しないよね」

「そ、そんな、好きな人だなんて……」

「そこは照れるんだ……」

「ははっ、可愛《かわ》い人だね」

なんて会話が、徐々に遠ざかっていく。

俺が、教室から離れているから。

目眩《めまい》を感じて、廊下の壁に手を突く。

その体勢のまま、考えた。

今のは……誰だ？

まぁ、その、わかってはいる。当たり前だ。

あれは、月本六華だ。

……いや。

あれが、月本六華だ。

昔の六華のまま……では、決してない。

俺の知るかつての六華だったら、あんなにスムーズな受け答えは出来なかった。というか、四人に囲まれた時点でテンパって俺の背中に隠れていたような場面だ。

だけど……控えめな態度に抑揚少なめの声、なのに妙なところで頑《かたく》な。

それは、かつての六華の延長線上としてこの上なく納得感のある姿だった。

翻《ひるがえ》って。

再会してからの六華に対しては、ずっと疑問を感じていた。

どうにも、あの頃の姿から繋《つな》がる道筋が想像出来なかったから。

かつて共に過ごした時間が、再会してから積み重ねた時間が、直感させる。

今見た六華が、素の六華なんだと。

なら、俺が接してきた六華は。

なぜ、そんなことをしているのか。

何が、そうさせたのか。
誰の、せいなのか。
そんなことは、考えるまでもない。
嗚呼《ああ》、であるならば。
俺は——

第9章　幼馴染が抱いた想《おも》い

私は、今日も月本六華を作る。

「すぅ……はぁ……」

テルくんの家の前で、一つ深呼吸。

手鏡の中に映っているのは、まだ気弱で不安げな私だ。

「……あっはー！」

それを、底抜けに明るそうな笑顔に作り変えた。

大丈夫、上手《うま》く笑えてる……と思う、たぶん。

不安を胸の奥に押し込んで、インターホンを鳴らす。

程なく、中から少し慌ただしい足音が聞こえてきた。

「おう、おはよう六華《りっか》」

玄関の扉を開けて、テルくんが顔を出す。

それだけで鼓動が高鳴って、言葉に詰まりそうになるけれど。

「おはようございますっ！　六華ちゃん運輸でーっす！　今日も美少女をお届けに参りま

したよっ！　いやぁ日々美少女が届くなんて、まったくテルくんは幸せ者ですねぇっ！」

あぁぁぁぁぁぁぁぁぁぁぁぁぁぁ！　恥ずかしいぃぃぃぃぃぃぃぃぃぃ！

なにを、自分で『美少女』だなんて言っているのか！　どんだけ自信過剰なのか！

「あぁ、そうだな」

だけど、テルくんが肯定してくれると嬉《うれ》しくなるのも事実。

ニヤけそうになるのを必死に堪《こら》えながら、自信ありげな笑顔をキープする。

「そうでしょうともそうでしょうとも！　ところで今日は、他のご家族はいらっしゃらないそうですね？　せっかくなので、またテルくんのお部屋に行ってもいいですかっ？」

あぁぁぁぁぁぁぁぁぁぁぁぁぁぁ！　またやってしまったぁぁぁぁぁぁぁぁぁぁ！

正直自分でもこのキャラを制御出来てなくて、勢い余ってちょいちょい変なこと言っちゃうんだよなぁ……まぁ、テルくんの部屋に入りたいって思ってるのも事実なんだけど。

いや、その、単にテルくんの部屋が落ち着くってだけで……！　別に、変な意味では……

その、全く期待してないって言うとそれも嘘《うそ》になるけど……。

って、何を自分の中で言い訳してんだか……。

「なんで毎回ウチの在宅事情を完全に把握してるんだよ……」

ほら、テルくんも呆《あき》れ気味じゃない。

はぁ、どうしてこうなったのか……。

全ては、テルくんと再会したあの日から始まった。

◆　◆　◆

三年前、お別れの日に私はテルくんに告白した。

そして、見事に玉砕した。

告白したことそのものは、後悔してない。きっとあの時告白していなければ、私は今でもずっとモヤモヤイジイジしていたと思うから。

けど、あの時の言葉選びについては後悔している。凄《すご》く凄く。

本当は、もっと本質的なところで彼のことが好きだった。

一人でいる子を放っておけない、優しいところが好き。

決めたことを最後までやり通す、心の強いところが好き。

一緒にいるとそれだけで楽しい、気の合うところが好き。

すぐにテンパっちゃう私の話を辛抱強く聞いてくれる、誠実なところが好き。

いくらだって、好きなところを言えたはずなのに。

あの時、出てきた言葉は彼の表面上を褒めるだけのものだった。

テンパってたからっていうのもあるけど……結局のところ、それは私が弱かったから。

テルくんが自分を演じていることには、気付いていた。だけどそれを暴《あば》くことで、嫌われるのが怖かった。彼の内側にまで踏み込むのが怖かった。

肝心の告白の場で日和《ひよ》って、結果最悪の選択をしてしまった。

私がフラれたこと自体は、どうでもいい……とまでは、流石《さすが》に言えないけれど。

きっとあの告白は、テルくんの一番デリケートな部分を傷付けた。

私の弱さが、テルくんを傷付けてしまった。

なのに、テルくんは最後まで私のことを気遣ってくれた。

好きじゃない、って言葉自体は本当のことだったんだろうけど。

それをあえて口にしたのは、たぶん私をちゃんと諦めさせるため。

私は、最後の最後までテルくんの優しさに守ってもらっていた。

だっていうのに……私は、泣くだけで。それがますますテルくんを苦しめるんだってわかってたはずなのに、これでお別れだって思うと涙が止められなくて。

挙げ句、いつまで経《た》ってもテルくんを諦めることさえ出来なかった。

それなら……せめて、変わろうと思った。

いつか、貴方《あなた》の全てを受け入れるよって笑顔で言えるように。

いつか、私にならなら全てを明かしてもいいって思ってもらえるように。

そんな強い自分に、変わろうと思った。

そして、本当に変われた時にはもう一度……今度こそ、って。

だけど中学生になって改めて実感したのは、私がどれだけテルくんに依存していたのかってことだった。いっつもテルくんの背中に隠れてた私は、テルくんがいないと他の人と普通に話すこともままならなかった。一人じゃ何も出来なくて……こんなんじゃ、とてもじゃないけどテルくんに相応《ふさわ》しいだなんて言えるわけがない。

そう、決意して。

それからの三年間をかけて、変われたとは思う。

頑張って話しかけて、友達も出来た。

友達から、おしゃれの仕方も教わった。

今でも人と話すのが得意とは言えないけど、苦手でもなくなった。

テルくんがいなくても、ちゃんと全部自分で出来るようになった。

高校は、おばさまに聞いてテルくんと同じ学校を受けることにした。

両親には反対されるかと思ってたけど、意外なことにむしろ背中を押してくれた。たぶん、私の一番の原動力がテルくんだっていうのをわかってくれてるからだと思う。

高校進学を機に髪を染めて、メガネをコンタクトにした。

鏡に映った自分を見た時点では、正直ちょっと自信はあった。幸い三年間で身長は上手いこと伸びてくれて、陸上を頑張ったおかげかスタイルだって悪くないと思う。

今の私なら、テルくんにも選んでもらえるんじゃないかって……自惚《うぬぼ》れてた。

実際、彼の姿を見るまでは。

◆　◆　◆

入学初日のオリエンテーションを終えて、私は誰よりも早く教室を出た。

そして、校門でテルくんを待ち構える。

ここで運命の再会を演出して、ビックリさせてやろう。

実は、今のテルくんがどんな顔なのかは知らなかったりする。おばさまは定期的にテルくんの写真を送ろうかって提案してくれたけど、私はずっと固辞し続けていた。ちゃんと変われるまで、たとえ写真だろうとテルくんとは会わないって決めてたから。

だけど、絶対に見間違えたりしない自信はあった。

見落としだけが怖いので、一人も見逃さないようジッと人波を見つめる。

しばらく、そうしていると。

「おわ……」

一人の男子に、目を奪われた。

スラッとした体型の、爽やかな風貌。たぶん運動部なんだろうな、っていうのが雰囲気でわかる。どことなく憂いを秘めて見えるような表情が、なんだかセクシーで…………って、何考えてんの私!?

テルくん一筋で、他の男子相手にときめいたことすらなかったっていうのに……くっ、高校生ともなればこの一途《いちず》な乙女でさえも惑わせるフェロモンを持つ男子が出現するっていうの……!? それでも、私はあくまで……!

「…………………は？」

いや、違う。

違う違う違う！

見知らぬどころか……！

えっ、ていうか、嘘、マジで？

あれ……テルくんだよねっ!?

確かに、印象はガラッと変わった。でも、面影はある。見間違えるはずはない。

なにせ、物心ついてからずっと一緒にいた幼馴染だもの。

テルくんだと認識した途端に、胸のドキドキは一気に高まって……。

「っ……！」

それから、ズキリと痛んだ。

本当に、とっても格好いい。痘痕《あばた》も靨《えくぼ》的なものじゃなくて、客観的な事実として。十人に聞けば、十人が私と同じ意見だと思う。

きっと……彼女だって、いるに違いない。

私より、ずっと素敵な。

そう思うと、今すぐこの場で回れ右したくなった。

というか実際、いつの間にか無意識に半歩ほど下がっていた。

だけど足に力を込めて、それをどうにか戻し……逆に、踏み出す。

ここで逃げちゃ、三年前の私と何も変わらない。

私は変われたんだって、証明するためにも……絶対に、行かなきゃいけない。

たとえ、二度目の玉砕を早々に経験することになろうとも。

「テルくんっ！」

幸い、呼びかけの声はスムーズに出てくれた。

テルくんが振り返ってくる光景が、スローモーションのように見える。

心臓は、破裂しそうな程に強く脈打っていた。

あっ、ヤバ、どうしよう。頭が真っ白になってきた。一言目、何て言えばいい？　何て言いたかったんだっけ？　ずっと考えてきたはずなのに、思い出せない。いや、思い出せたところで無駄な気がする。だってそれは、私が想像してたテルくんを相手に考えていた言葉だから。こんなに格好良くなってるなんて、聞いてない！　もう、それならそうって言ってよおばさま！　って、そういうのも言わないでってお願いしたのは私の方だった！

いやいや、余計なことばっか考えてる場合じゃないってホント……！　あっあっ、テルくんがこっち見てる……！　ど、どどどど、どうしよう……！

グルグルグルグル迷子になって混乱する思考の中、閃光《せんこう》のように浮かんできたのは。

足りない、って言葉だった。

ちょっと見た目が変わって、キョドらずに人と話せるようになった程度じゃ今の彼の隣にはとてもじゃないけど相応しくない。それじゃ足りない。

足りないなら、足せばいい。もっと、劇的な変化を。

今の彼に相応しいのは、どんな人だろう？

きっと、昔の私とは真逆のような人。ポジティブで、周りまで明るくしちゃうようなテンションで、気さくで、面白くて、積極的で、オープンにちょっとエッチで？　あと、えとえと……駄目だ、もう時間がない！

とりあえず、第一声を……！

「いやっはー、どもども！　ザ・感動の再会ってやつですねぇ！　映画ならまさにここがクライマックスシーン！　全米も大号泣ですよ！　テルくんも、遠慮なく泣いてくれてオッケーですからねっ！　あっ、でも残念ながら私の涙はお預けですっ！　女の涙は武器なので、こんなところで安売りするわけには参りませんっ！」

……あっ。

ヤバい、間違えた。

なにこのテンション。あと、なんで敬語なの？

「…………は？」

ほら！　テルくんも「なんだこいつ……？」みたいな顔してるよ！

「おりょりょー？　テルくん、フリーズしちゃってどうしましたー？　愛《いと》しの六華《りっか》ちゃんですよー？　ほらほら三年ぶりのこのお顔、よーくご覧くださいっ？」

駄目だ、なんかもう自分でも制御不可能だ！

ていうか近い近い近い！　近いよ私！　なにキス寸前の距離まで近づいてるの⁉

あぁでもテルくん、この距離で見ても本当に格好いい……じゃなくて！

「六華……だよな？」

……テルくんが、私の名前を呼んでくれた。三年ぶりに聞いた声は三年前より低くなっていて、なんだかとってもドキドキしちゃう。

私だってわかってくれたことも、凄《すご》く嬉《うれ》しい。

だけど同時に、「やっぱり」とも思った。

やっぱり、すぐに私だってわかっちゃう程度にしか変われてないんだ。

「あっはー、だからそう言ってるじゃないですかー！」

だったら……もう、『これ』でいくしかない！

「ただ白馬の王子様を待ち続けるだけのお姫様なんてナンセンス！　運命の赤い糸を力ずくで手繰り寄せる系美少女、貴方の月本《つきもと》六華です！」

もう、半ば以上ヤケクソだった。

◆　◆　◆

こうして、現在に至る。

「あっはー！　天野家の情報は、常時おばさまと陽向《ひなた》姉さんから入手しているのです！」

「なんかいつの間にかホットラインが増えてんな……」

今更後戻りも出来ず、ずっとこのキャラを続けていた。

「まぁ俺の部屋は無しとして……中間も近くなってきたし、たまには学校の自習室でも利用するか？　確か、休日でも開放されてたよな？」

「んんっ……！　そ、それはちょっと……！」

「何かマズいか？」

「いえ、マズいということは決してないのですが！　あー、そのー……今日は、お勉強の気分じゃないといいますか……そうだ！　ほら、これ！　お弁当を作ってきたので、公園にでも行きましょう！」

テルくん以外の人の前でまでこんなテンションを維持出来るわけもなく、他の人とは素の自分で接してて……知り合いと鉢合わせたりしないようにするために、テルくんと会えるのはこうして学外に限られた。同じ理由で、テルくんのご家族との鉢合わせにも極力気をつけている。

「それは別にいいけど……」

うぅ、想像してた高校生活と違う……！

「……何か、あったか?」

「へっ⁉」

内心を見透かしたかのようなタイミングでテルくんがそんなことを問いかけてきたものだから、素っ頓狂な声が出た。

「きゅ、急にどうしました……?」

「や、なんか元気ないような気がしたから」

というか実際ほとんど見透かされているみたいで、二重の意味でドキドキする。

「この元気の国からの使者・六華ちゃんを捕まえて、何をおっしゃるやら! 今日ももちろん、元気一〇〇%でお送りして参りますよっ!」

「……そか、ならいい」

今となっては、この振り切ったキャラにして良かったと思う部分もあった。

ここまで昔とのギャップがあると、逆に演技だと見抜くのも難しいだろうと思うから。

それに、再会したら今度はガンガンとアプローチしようっていうのは元々決めてたことだった。そういう意味でも、このキャラは割と都合が良かったりする。

とはいえ内面は私のままなので、悟られないよう密《ひそ》かにゴクリと唾を飲んで。

「ささっ、行きましょう!」

なんでもないことみたいに、テルくんの腕に抱きついてみる。

うぅ、変な汗とか出ちゃってないよね？　鬱陶しい女だって思われてないかな？　ていうか、ビッチだと思われてたらどうしよう……テルくん、私がおっぱいを押し当てる相手はテルくんだけなんだからねっ！　……こういうことこそ、今のキャラを利用してちゃんと伝えればいいのでは？　いやでも、唐突におっぱいの話をし始めるのもな……はぁっ、それにしても何度触っても逞《たくま》しい腕……ついついスリスリしちゃう……しゅきぃ……。

「なぁ、六華」

「……はい？」

煩悩《ぼんのう》にまみれていたせいで、返事がちょっと遅れてしまった。

「……いや、何でもない」

「？　そうですか？」

なんだか、奥歯に物が挟まったみたいな口ぶりに思える。

だけど、それは今に始まったことじゃない。

再会してから何度も、テルくんの葛藤するような表情は見ている。

その理由も、なんとなく察していた。

たぶんテルくんは、私に対して罪悪感を抱いている。私の告白を断ったことを、ずっと気に病んでいる。そんなこと、気にしないでいいのに。

でも、そんな風に伝えてもきっとテルくんの抱く罪悪感は余計に増すだけ。だから私も、
再会初日以来そういうことを言うのは控えていた。

「今日の卵焼きは自信作なので、楽しみにしててくださいねっ！」

「あぁ、そりゃ楽しみだ」

何にも気付いてないみたいに、明るく振る舞う。

ただ、私の胸にもずっと罪悪感はあった。

テルくんを騙《だま》し続けていることに。

何より……自分を演じるという行為に、きっとテルくんは人一倍思うところがあるだろうから。だからこそ余計にバレるわけにはいかないっていう、悪循環。

こんな状況だから、未《いま》だに二回目の告白も出来てない。

もう一度告白するんだって決めて、テルくんを追いかけてきたっていうのに。

……いえ、それも言い訳か。

私は、ただ日和《ひよ》ってるだけだ。再会したあの日から、ずっと。

未だに、決定的なところを踏み出せずにいる。

「あっ、ちゃんとタコさんウインナーも入ってるのでご安心を！」

「別にそれはどっちでもいいんだけど……」

「えぇっ？　だってテルくん、小一の遠足の時タコさんウインナーがお弁当に入ってないからって泣いちゃったじゃないですか！」

「……そんな俺の隣で、お前はピーマンが食べられずに泣いてたと記憶しているが？」

「……あー、なんだかテルくんが最後におねしょした時の話がしたくなってきましたー」

「俺が全く同じカードを持ってることを忘れているようだな」

「……やめましょう、争いは何も産みません」

「仕掛けてきたのはお前の方だろうと言いたいところだが、まぁ同意しておこう」

「…………」

「…………」

「……ふふっ」

「ははっ」

この人の隣にまたいられる日々が、あまりに愛しすぎて。

◆　◆　◆

「んっ、確かに今日の卵焼きは格別だな……」

公園の芝生にシートを敷いて、お弁当を食べる。

そんな何気ない時間も、たまらなく愛しい。

だけど、だからこそ不安も押し寄せてくる。テルくんは、本当に楽しんでくれてるのかな？　無理に私に付き合ってくれてるんじゃないの？　こんな、子供の頃と変わらない『デート』なんて、本当は望んでないんじゃないの？

――俺の一番の理解者は六華だよ。今も、昔もな
テルくんはそう言ってくれたけど、それは過大評価もいいところだと思う。

私はいつだって、テルくんの本心がわからず不安になってる。今も、昔も。

「うん、美味《おい》しかった！　ごちそうさま！」

「お粗末様ですっ！」

「ホントに料理上手《うま》くなったよな、六華」

「ふふっ！　そうでしょうとも！　この三年間、みっちり鍛えちゃいましたからね！　もちろん、たった一人に食べて欲しいという健気《けなげ》な乙女心ですよっ？」

そんなネガティブな自分を、虚構の自分で抑え込む。

「…………」

すると、なぜかテルくんは私の顔をジッと見つめてきた。

また、内心を見透かされているようで……あと、単純にこの距離で見つめられると普通に心音が高鳴る。はぁ、何度見ても顔が良い……い、いえ、顔も良い……。

「あっはー！　どうしましたっ？　この可憐《かれん》なご尊顔に見とれちゃいましたかねー？　いいですよ、どんどん見ちゃってください！　私のお顔はテルくん専用ですからっ！」

殊更大きな声で言いながら、自分の胸に手を当てる。

そうしないと、鼓動の音が聞こえちゃいそうで。

「……あのさ」

どこか神妙な顔でそう切り出したきり、テルくんは黙り込んだ。

その沈黙が妙に意味深に感じちゃうのは、私の心にやましいことがあるからなのかな。

「もう、なんですかー？　今日そのパターン、多いですよっ。気になることがあるんなら、ガンガン言っちゃってください！　私たちの間に隠し事はナッシンです！」

ははっ……現在進行系で自分を隠してる私が何を言ってるんだか。

「……そうか、なら」

と、テルくんは何かを決意するみたいに一つ頷《うなず》く。

「海に行こう」

そして、そう提案してきた。

◆　◆　◆

またテルくんが漕《こ》ぐ自転車に乗せてもらって、海へ向かう。

間近で見るテルくんの背中は凄《すご》く大きく逞しくて、ドキドキしちゃう。

でも……それとは別の意味でもドキドキしてる。

たぶん、本題については海に着いてから話すってことなんだろうけど……どうしよう、別れ話だったりしたら……いや、付き合ってないのに別れ話も何もないんだけど……やっぱり、このキャラはウザかったかなぁ……そりゃ、普通に考えたらウザいもんなぁ……。

「六華？　どうかしたか？」

「あっ、いえ！」

ぼんやり考え事をしている間に、いつの間にか到着してたみたい。

テルくんに呼びかけられて、慌てて自転車を降りた。

「久々に嗅ぐ潮の香りを、ちょっと堪能《たんのう》しておりましたっ！」

「こないだ来たばっかだろ」

と、テルくんは笑ってくれる。

「ほら、行こう」

それから、こちらに手を差し出した。

昔は、いつもこうやって私の手を取って引っ張ってくれた。再会してからは、私の方が引っ張り回してばっかりだったから……なんだかとっても、懐《なつ》かしい。

「はいっ！」

そんな気持ちを胸に、その手を取る。

この間とは違って、ゆっくりと歩いて砂浜へ。やっぱり私たちの他に人影はない。

「覚えてるか？　小六の夏に、家族で海水浴に来た時にさ」

「あっ、さてはアレのことですねっ！　テルくんの海パン大破損事件！」

「いや、六華の浮き輪消失事変の方」

「そっちでしたかー！」

潮の匂いを嗅いでいると、地元の思い出が次々と頭に蘇《よみがえ》ってきた。

そして、その思い出のほとんどはテルくんと一緒に作ったもの。

「ここ、泳いでも大丈夫なとこですよね？　夏になったら今度は泳ぎに来ましょう！　あの時のリベンジで、今度は華麗な遠泳を披露してみせますのでっ！」

「あぁ、楽しみにしてるよ」

この街でも……テルくんと、沢山の思い出が作れるといいんだけど。

「水着にも期待してくれてオッケーですよっ！　テルくんのお好みは可愛《かわい》い系ですかっ？　セクシー系ですかっ？　はっ⁉　まさか、意表をついてスク水とか⁉　でもでも、安心してください！　テルくんがどんな性癖の持ち主だろうと受け止めてみせますのでっ！　月本六華Ｖｅｒ．２は拡張性もバッチリです！」

あっ、ヤバ……微妙に考え事しながら喋《しゃべ》ってたらまたテンション感を間違えた気が……あと自分でやっといてなんだけど、このピースサインを目のとこに持ってくる謎ポーズって何なんだろう……最初にやっちゃって以来、なんか癖になってる……。

「もっちろん、本体のボリュームにもご期待……」

「六華」

珍しく、テルくんが私の言葉を遮った。

いつも、なんだかんだ私のこのノリにも付き合ってくれるのに……どうしたんだろう？

「話があるんだ」

あれ……？　なんだか、ちょっとシリアスな感じ……？

「なんですかなんですかっ？　何のお話でしょうっ？　も・し・か・し・てぇ？　ついについにの告白タイムですかっ？」

駄目だ、テンションが暴走しすぎてブレーキが……。

「……確かに、これは一種の告白とも言えるのかもしれない」

…………………えっ。

えっえっ、告白？

「六華、その……何ていうか……」

もしかして、ホントに愛の告白ってこと……!?

「無理を、しないでくれ」

って、流石《さすが》にそんな都合がいい展開はないよねー。

……んんっ？

無理？　いや、無理なんて……とっても、してるけど。

「ご心配痛み入りですっ！　でも、私は能天気に定評がある月本り……」

「見たんだ」

見た？　何を？

まだ、何もわからないけれど。

妙に嫌な予感がして、背中に変な汗が流れていくのを感じる。

「学校で」

あ。

「峰岸たちと話す、六華のこと」

あっ……。

「あれが……素の六華なんだろ？」

あぁっ……！

「だから、俺の前でも……そういうの、無理しないでほしいんだ」

　ああ
ああ
ああ
ああつ!?

バレた。

バレちゃった。

キャラを作っている恥ずかしい女だって。

わざわざキャラを作ってまで彼の気を引こうとしている浅ましい女なんだって。

嗚呼《ああ》、なんて恥ずかしい。きっと、今の私の顔は真っ赤になってるだろう。

油断してた。入学当初から、学校でテルくんと顔を合わせることがないよう動いてたはずなのに……校内でテルくんの姿を目にすることさえめったになくて、いつの間にか注意が疎《おろそ》かになってたみたい。

「……ごめん」

どうして、テルくんが謝るの？

テルくんが謝ることなんて、何一つないでしょう？

ただ、恥ずかしい女の恥ずかしい秘密が暴かれただけなんだから。

「俺、泣かせちゃってばっかだな……昔っからさ」

泣く？　誰が？

「……え？」

自分の頬を何かが流れていく感触に、遅れて悟る。

あぁ、そうか。

私だ。私が泣いてるんだ。

そりゃそうだ、この場に他の人なんていないんだから。

だけど……どうして私は、泣いてるんだろう？

それも、こんなに止めどなく。

まぁ、泣きたいほど恥ずかしい気持ちではあるけど……。

「……そっか」

唐突に、納得する。
あんなに熱を持っていたはずの頬が、いつの間にか冷たくなっているのを自覚した。
だって、これでテルくんとの関係が本当に終わってしまうんだから。
昔、テルくんは自分を演じてた。
それは、自分を守るための嘘《うそ》。
私は別にそれが悪いことだとは思わないけど、テルくんが気にしてたのも知ってる。
でも、再会してからのテルくんは自然体だった。
それはきっと、自分を演じなくても過ごせる強さを手に入れたから。
実際今のテルくんは、あの頃とは大きく変わってる。
あの頃より、もっと魅力的になってる。
一方、私はどうか。
強くなれた気になって、意気揚々と追いかけてきて。
再会した瞬間に日和《ひよ》って、『足りない』だなんて言い訳して、自分を偽った。
たぶん、テルくんが最も嫌悪《けんお》する姿だと思う。
「ごめん」
謝らないで。

悪いのは、私なんだから。

「六華にばっかり、頑張らせてしまって」

頑張る？　確かに、頑張ってはいたかも。

明後日《あさって》な方向にだけどね、ははっ。

「だから……今度は、俺の方から言わせてほしい」

嗚呼、二度目の玉砕は間近。

せめて、告白してからが良かった。

そのチャンスを潰したのは、他ならない私だけど。

本当に、あまりにも愚かしくて笑えてくる。

さぁ愛《いと》しい人、この愚か者に裁きを下してくださいな。

はっ、何を悲劇のヒロインぶって……。

「好きだ！」

……………………………………………………………………………………ん？

………………………………………………………………………………………

第10章　幼馴染へと今度こそ

「俺は、六華《りっか》のことが好きだ！」

叫んだ。

今度こそ、俺の方から。

「ずっと前から、好きだった！」

ずっと昔から、言いたかった言葉。

三年前に、言う資格がなくなった言葉。

今の俺に、その資格があるのかはわからない。

けれど、今言わないと永久に失《な》くしてしまうだろうと思ったから。

「真面目でいつも一生懸命で、知的で可憐《かれん》なところが好きだった！」

六華が俺の前でだけキャラを作っていたのは、変わろうとした結果なんだろう。

たぶん、俺との再会に向けて。

違ってたらめちゃくちゃ恥ずかしい自惚《うぬぼ》れだけど、そうだっていう確信がある。

「時々見せてくれた、はにかむような笑顔が好きだった！」

無理をしてほしくないって、そう思ったのは本当だ。

だけど同時に、六華がそこまでしてくれたことが嬉《うれ》しい。

「気弱なくせに、譲れない一線は守る芯の強さが好きだった！」

だからこそ、伝えなければならない。

そんなことをしなくても、俺はずっと六華のことが好きだったんだって。

「そんで！」

そして……これも、伝えないといけない。

「再会して、もっと好きになった！」

俺は、『今の』六華も好きなんだって。

「明るくて愉快で、真《ま》っ直《す》ぐ全力なところが好きだ！」

それは、作られたものだったのかもしれない。

「俺の悩みなんて吹き飛ばしてくれるくらい、あけすけな笑顔が好きだ！」

それでも、六華の一部には違いないんだと思う。

「俺の弱気を飛び越えて、グイグイと引っ張ってくれるところが好きだ！」

そんな六華に、俺は間違いなく救われていたんだ。

「どっちの六華も、大好きだ！」

こんなことを言うのは、卑怯《ひきょう》なのかもしれない。

「ずっと変わらず優しいところが好きだ！　自分より他人を優先出来る気高さが好きだ！　一緒にいるとそれだけで楽しくて、気の合うところが好きだ！　目標に向かって真っ直ぐ進める強さが好きだ！　全部全部、大好きだ！」

だけど、とりあえず今はありったけの気持ちを吐き出そう。

「俺は、世界で一番月本《つきもと》六華を愛してる！」

俺の一番は、六華だ。

今も昔も。

「だから……！」

この想《おも》いの強さは、他の誰にも負けるつもりはない。

「俺と、付き合ってください！」

六華に向けて、手を差し出す。

「ぜぇ……はぁ……」

碌《ろく》に息継ぎもせずに叫んだもんだから、流石に息が切れた。

でも、長年胸に吹き溜《だ》まっていたものがすっかり消えたようなすっきりとした気分だ。

この告白が絶対に成功する、だなんて俺は少しも思っちゃいなかった。

なにせ、今しがた泣かせてしまったばかりだ。そこまで考えられてなかったけど、確かにキャラを作っていることを指摘されるってのは相当恥ずかしいことかもしれんと今更ながらにちょっと思い始めていた。

再会してから、随分と情けない姿も見せてきた。そろそろ幻滅されていてもおかしくはない頃合いだろう。今の告白だって、思いつくままに言葉を紡《つむ》いだだけで格好良さとは程遠いものだった。

後はもう、どうとでもなれ……とまでは、流石《さすが》に言えない。

だけど六華に断られたとしても、たぶん後悔はしないだろうと思う。

もちろん、心に大きなダメージを負いはするけれど。

「…………………ふぁえ？」

俺が叫んでいる間ずっと呆《ほう》けた表情を浮かべていた六華が、数分ぶりに言葉を発した。

「あー……？」

涙は、もう完全に止まっている。

無表情に近いその顔からは、如何《いか》なる感情も読み取ることが出来なかった。

「いー……？」

そのまま、しばらく。

「う——……？」

時折謎の言葉を発する六華からは、なんとなく『再起動中』という言葉が想起された。

「……………え？」

どこか虚《うつ》ろだった目の焦点が、ようやく定まった感じがする。

「す……す……？　すすすすすすすすす？」

かと思えば、なんかバグり始めた。

「テルくんが、わ、私？　好き、す？　きす？」

顔が徐々に赤く染まっていき、ダラダラと汗が流れ始める。

「…………」

しばらく無言のまま、パクパクと口を開閉させて。

「すきょらてるわたわたわたわたわたぁぁぁぁぁぁぁぁぁぁぁぁぁぁ!?」

謎の奇声を発しながら、六華は走り去っていってしまった。

「…………」

結果、俺だけがポツンとこの場に取り残される。

「えー……っと」

頭の中を整理。

TWIN TURBO
Charging

俺は、告白した。

六華は、逃げた。

……つまり、これは？

「とりあえず、返事は保留……ってことで、いい……の、か……？」

そう判断して、苦笑するのだった。

第11章　幼馴染だけじゃない

六華《りっか》に告白した翌日。

俺は……特に何事もなく、学業に勤《いそ》しんで放課後を迎えていた。

まぁ、学校では顔を合わさないってのは前々からだしな……。

だから、ある意味本番はここから。今日も、六華は校門で待っててくれるんだろうか？

なんとなくだけど……今日は、いないような気がする。というか、たぶんしばらくは俺と顔を合わせようとしないんじゃないだろうか。幼馴染の勘ってやつだ。

果たしてその勘は正しいのかと、窓の外に目を向け……ようとしたところで、まだ沢山残っているクラスメイトのうち何人かから黄色い声が上がった。

なんかもう、来訪センサーみたいになってるよな……。

「やぁ天野《あまの》、今ちょっといいかな？」

果たして、こちらに向かってきているのは峰岸《みねぎし》紗霧《さぎり》その人だった。

「……別にいいけど」

なんとなく出鼻を挫《くじ》かれたような気分ではあったけど、断る程の理由じゃない。

「単刀直入に聞くけど……キミ、月本《つきもと》さんに何かしたの？」

「っ⁉」

ドンピシャでさっきまで考えていたことを言われて、思わず目を見開いてしまった。

「ははっ、図星みたいだ」

たぶん、『何かした』ことを確信させるには十分なリアクションだったことだろう。

「いやぁ、今日の月本さんったら。ずっと上の空で、珍しく先生に指されて慌てたりもしてたしさ。本人にはなんだか聞きづらくて、何も聞いてはいないんだけど……」

そして、六華の方も『何か』あったのが明白な感じだったみたいだ。

「何があったか……っていうのは、キミにも聞かない方がいいのかな？」

六華が話してないなら、俺から話すってのも良くないだろう。

「……悪い、そうしてもらえると助かる」

「心得た」

そう考えて謝ると、峰岸は胸に手を当てて軽くお辞儀する。

こんな仕草は、王子っつーか騎士みたいだよな……なんて、ぼんやり思った。

「ところで、今回の本題はそれじゃなくてね」

「あっ、そうなの？」

思わず聞き返しちゃったけど、確かに考えてみれば他人の恋バナについて掘り下げるためにわざわざ来るような下世話な奴《やつ》じゃないか。

そして、だとすればこの後の話の流れもなんとなく読めた。

「前言を翻《ひるがえ》すようで恐縮なんだけど……部活のことでね」

果たして、峰岸が口にしたのは予想通りの話題だ。

「今度、一年対二年三年の校内戦があるんだ。実質、一年のレギュラー候補選定だね。だから、それまでに……というか、そのためには今日にでも入部した方がいいと思うんだよね。ほら、チームに馴染《なじ》む期間も必要なわけだしさ」

峰岸が言ってることは、全く以《もっ》て正論で反論の余地はない。

それでも。

「んあー……悪いけど、今ちょっとそれどころじゃないっていうか」

「いや、キミにも事情があるのは理解しているよ？　だけど流石にそろそろマズい時期に差し掛かってきてるのはキミだってわかってるでしょ？」

「まぁ……」

「まさか今後もずっと入部しないわけじゃあるまいし、どうにか折り合いをつけて……」

「んー……今後も、どうだろうなー……」

「…………えっ？」

俺の言葉に、峰岸はキョトンとした表情で目を瞬《しばた》かせる。

「……今の件が片付いたところで入部するかどうか、そもそもそこから迷ってんだよな」

熱心に誘ってくれるから言い出しづらかったんだけど、流石にそろそろ伝えとかないとマズいだろう。そういう意味では、ちょうどいいタイミングだったのかもしれない。

「えっ……？」

もう一度、峰岸は呆けた声を出した。

「キ、キミほどのプレイヤーがどうして……？」

それから、信じられないものを見るような目で問いかけてくる。

「別に、俺なんて大したことないだろ」

「そんなことはない！」

普通に思ったことを口に出しただけなんだけど、やけに反応がデカくてちょっとビックリしてしまった。つーか、峰岸が大声出すなんて珍しい……。

「そりゃ、スキルだけで言えばキミより上も沢山いるかもしれないよ？　だけど、私が何より敬服しているのはキミの心の在り様なんだ」

んんっ……？　なんか、よくわからんことを言い出したな……？

「正直に言うよ。中学時代……キミがバスケ部に入部してきたのを見た時、私はきっとすぐに辞めるんだろうなって思ってた」

「まぁ、だろうな」

ウチの中学は、そこそこの強豪だった。ミニバスでの経験もない……それどころか碌《ろく》にジャンプすら出来ないチビデブが入部してくりゃ、誰だってそう思うさ。

「実際、当初は酷《ひど》いものだったよね。シュートはゴールに遥《はる》か届かない。パスだって、てんで明後日の方向にばっかり投げてさ。アップの時点でめちゃくちゃバテてたし」

「だなぁ」

懐《なつ》かしげに目を細める峰岸に、俺も同意を示す。

いやぁ、最初の頃はホントに酷かった。

「だけど、キミは腐ることなく努力を続けた。そして、少しずつ……本当に少しずつだけど、進んでいった。一つ一つ、出来ることを増やしていった」

まぁ、死ぬほど頑張ったのは事実ではある。

ていうか、当時は割とマジで死ぬかと思った。我ながら、よく耐えきったもんだ……。

「そしてついにはレギュラーの座を射止めて、キャプテンにまでなった」

「レギュラーもそうだけど、俺なんかをキャプテンに指名したってのは今思っても正気の沙汰とは思えねぇよなぁ」

「それは自己評価が低すぎるよ、天野」

峰岸は、どこか慈《いつく》しむみたいに微笑《ほほえ》む。

「キミの努力は部内の誰もが知っていた。女バスの私でさえそうなんだから、男バスのみんなはもっとよく理解してたろうね。特に我々同級生は、キミが最初どれだけ出来なかったかを……そして、キミがどれだけ出来るようになったかをずっと見てきたから。そんなキミにならみんな付いていけると思って、満場一致でキャプテンに決まったんだ」

まぁ確かに、キャプテン就任時にそんなようなことは言われたけど……その上で俺なんかが相応《ふさわ》しいとは思えなかったんだよなぁ……。

……ところでこれ、何の話なんだっけ？

「キミほどに努力を出来る人を、私は他に知らない。キミほど折れずに前に進み続けられる人なんて、なかなかいないと思う。得難《えがた》いキミの才能だよ」

「あー……うーん……そう言ってくれるのは嬉《うれ》しいんだけど……」

これは、あんまり言いたくなかったんだけど……まぁしゃーないか。

「俺がバスケ続けてたのって、すげぇ不純な動機だったんだよ」

「……？　不純な動機って？」

「……ダイエット」

恥ずかしくて、そう口にする声はだいぶ小さくなってしまった。

「だいえっと？」

知らない言語でも聞いたかのように、峰岸はコテンと首を傾けてオウム返し。

「…………………ふっ、ははっ」

少し間を空けて、今度はおかしそうに破顔した。

「き、キミ、そんな動機だったの……!?」

「そうなんだよ……あと、あわよくば身長も伸びればって思いもあった」

「ははっ、なるほどそれでバスケってわけか。あ、はははははっ！」

峰岸、笑いすぎてちょっと涙まで出てるじゃねぇか。

「ふふっ……だとしても」

それを拭いながら、峰岸は徐々に笑いを収めていく。

「私の天野に対する敬意は変わらないよ」

そして、そんなことを言い出した。

「いや……むしろ敬意が増したとさえ言えるかも？」

「どこにその要素があったんだよ……」

「私なら、そんな動機だったらとっくに辞めていたと思うからね」

まぁ、普通はそうだろうとも思う。というか、俺だってガチでダイエット自体が目的だったら早々に辞めてた。正確に言えば、俺の根底にあったのはとにかく変わりたいって気持ちで……だからこそ、どうにか続けられたんだ。

「なるほど……？　だけどダイエットっていうのはあくまで表面上の理由で、根底の動機は別のところにある……って感じの顔をしているね？」

……この人、察し良すぎでは？

顔の良い奴は、人の顔色を読むのまで上手《うま》いもんなのか……？

「まぁ、それについては尋ねないでおくよ」

その気遣いは、正直ありがたい。

特に今の状況じゃ、六華関連のことはあんまり言いたくないからな……。

「本題に戻ると……ダイエットの問題も身長の問題も解決したから、もうバスケを続ける意味はないってこと？」

「そこまでは言わないけどさ……今はもう、バスケのことも好きになってるし」

「だったら、むしろ」

峰岸の目が、真《ま》っ直《す》ぐ俺を射貫《いぬ》く。

「だからこそ、やっぱりキミはバスケを続けるべきだよ」

言わんとしていることは、なんとなくわかった。

「キミは今まで、いわばハンデを背負った状態でやってきた。だけど、ようやく身体《からだ》が出来てきたんだ。ここからが、本当の意味でバスケの面白さを感じられるところだよ？　今辞めるなんて、もったいないことこの上ないじゃない」

これに関しては、俺もまぁそうなんだろうなとは思ってる。

だからたぶん、何もなければ「あーまたあのしんどい練習やんのかよー」とかブチブチ言いながらもさほど迷わず入部してたはずだ。実際、六華が現れるまではそのつもりだった。そして、きっとなんだかんだで楽しく部活生活を謳歌《おうか》していたことだろう。

……いや、六華を言い訳にするのは卑怯《ひきょう》か。

結局のところは、俺のバスケに対する気持ちがその程度だったってだけの話だ。

「だから、今日から入部しよう？　それがベストな選択だよ」

俺なんかのことを買ってくれて、こうして親身に誘ってくれるのは本当に嬉しい。

それは間違いなく本心だ。

とはいえ……。

「ていうかさ……別に、俺が入部してもしなくても峰岸には関係なくないか？　女バスの戦力が増えるわけでもなし。なんで俺の入部にそんなにこだわるんだ？」

ちょっと拒絶するみたいに聞こえてしまうかもしれないけど、ストレートに疑問をぶつけることにした。これは、前々からずっと思ってたことだから。

「それは……」

峰岸は、一瞬言葉に詰まった様子で。

「確かにそうだね？」

「いや納得すんのかい」

あっさり認められて、思わず素でツッコミを入れてしまった。

「どうして私は、こんなにもキミに入部してほしいと思っているんだろう……？」

「それを俺に聞かれてもな……」

えっ……もしかして峰岸さん、特に何も考えずなんとなくでこんな熱心に俺を勧誘してたっていう天然ムーブでした……？　いやもうホントに貴女《あなた》、たまーにそういうところあるよね……王子様は気まぐれだな……。

「どうして、私は……あれ？　そもそも、なんで今日になって急にこんなことを言い始めたんだろう……？　天野の意思を尊重して、見守ろうって決めたはずなのに……校内戦があるから……？　いや、それこそそんなものはもっと前からわかっていたことだし……」

ブツブツと思案顔で呟《つぶや》く峰岸。

いやだから、ただの気まぐれの類《たぐい》だろ……？

ていうか俺、そろそろ帰ってもいい……？　六華がどうしてるのか気になるし……。

「……あっ」

「ん？」

何かに気付いたような峰岸の声に、若干逸れ気味だった意識を目の前へと戻す。

「今日の月本さんの様子を見た……から？」

なんでここで、六華の話が出てくるんだ……？

「だとすれば、この間二人が話しているのを見た時に胸に湧き出た感情はもしかして……？　そう考えると、以前から……あぁ、そういうことだったのか」

徐々に、峰岸の表情から迷いが晴れていく。

なんだなんだ、今度はどうした王子様……。

「今、唐突に理解したよ」

「何を……？」

「キミと月本さんの間に『何か』があったと悟った時……正直に言うと、何があったのか
なんとなくのところも察しているんだけどね。それに気付いた時に、妙な焦《あせ》りのようなも

のを感じて……それで、こうして前言を翻《ひるがえ》してまでキミを勧誘しに来たらしい」

「……？」

らしい、と言われましても……。

「私は、キミのプレイをまた近くで見たいと思ってる。また、キミの傍《そば》でプレイしたいと思ってる。また、キミと一緒に切磋琢磨《せっさたくま》したいと思ってる」

「だから、なんで俺なんだ……？」

やっぱ、理解出来てなくない……？

「ごめん」

や、謝られても困るんだけど……というか、なぜ突然の謝罪……？

「一つ、訂正させてほしい。私は、自分でも知らないうちに嘘《うそ》を吐《つ》いてたみたいだ」

本格的に、何の話だよ……？

「私は、好きなんだ」

「いやまぁ峰岸がバスケ好きなのは今更言われるまでもなく知ってるけど、それの何が嘘を吐いてたってことに繋《つな》がるんだ……？」

「違うよ」

何が違うって言うんだ……。

「キミのことが、好きなんだ」

ほーん？　黄身が好きと？　なんで急に卵の話になったの？

……いや、流石《さすが》にそれだと文脈がおかしすぎるな？

この場合の、『きみ』ってのは……素直に考えるなら、『君』で俺のことでは？

つまり……？

「やーっと、自覚したか」

いつの間にかシンと静まり返っている教室内に、鈴木《すずき》の呟きが妙に大きく響いた。

「ずっと、私はこの気持ちを友情だと思っていたけれど……どうやら、違ったみたい」

峰岸は、愛おしげに自分の胸に手を当てる。

「キミとの繋がりを失いたくないと……より強く繋がっていたいと願うこの想《おも》いは。他の誰でもない、キミにだけ抱くこの感情は」

ゆっくりと目を閉じて。

「恋、と呼ばれるものらしい」

もう一度開かれたその大きな目が、真っ直ぐに俺を射貫いた。

「私は、天野照彦《てるひこ》のことが好き」

はー、なるほどね？　そこまでハッキリ言われちゃ誤解の余地もない。

峰岸は、天野照彦のことが好きだと。恋愛的な意味で。

いやー、ついに『王子』にも想い人が出来たかー。都合三年の付き合いになるわけで、俺としても感慨深いものが…………………んんっ？

「へ？」

思わず、間抜けな声が漏れた。

天野照彦のことが、好き……？

流石の俺も、この場面で同姓同名の別人の可能性を疑うほどアホじゃない。

つまり……峰岸が、俺のことを？

は、はいいいいいいいいいいいいいいいいいいいいいいいいいいいいい⁉

「は、はいいいいいいいいいいいいいいいいいいいいいいいいいいいいい⁉」

いやちょっと待って、今の叫び俺のじゃないんだけど⁉

俺より先に叫んだの誰⁉

おかげで、完全に俺が叫ぶタイミング逃しちゃったんだけど⁉

……って、あれ？

今の声って、まさか……？

◆　◆　◆

——時は、少し遡り

まさか、テルくんが私に……告白、してくれるだなんて。

そんな可能性は考えてすらいなくて……いやまぁ正確に言えば妄想では何度も想像したけども、そんな場面が実際に訪れるだなんて思ってもみなくて。

結局、昨日は思わず逃げ出しちゃった……。

うぅ、今でもテルくんの顔をまともに見れる気がしないよぅ……！

だけど……お返事、しなきゃだよね……！　とはいえいつもみたいに校門で待ってたら心臓が破裂しちゃいそうな気がして……放課後、テルくんのクラスに行くことにした。

教室の中を覗き見て……ひぅ⁉　テルくんの顔がこっち向いてる⁉

……って、何を引っ込んでるの私。

別に、隠れることなんてないよね。その……私とテルくんは、両思いなんだから。

堂々と……そう、「私も好き！」って答えればいいだけ。付き合って、って言ってくれたテルくんに「オーケーです！」って。

もちろん私の気持ちはとっくにテルくんには伝わってるだろうけど、やっぱりこういうのは形式が大事だもんね。それで晴れて、テルくんと恋人同士かぁ……。にへへ、恋人同士。ずっとずっと、夢見てた関係。フラれた時は、もう絶望的だと思ったけど……努力し続けた甲斐《かい》も、ちょっとはあったってことなのかな。

だとすれば……。

「今日の月本さんの様子を見た……から？」

……うん？　なんか今、私の名前が出たような？

ていうかさっきチラッと見た時、テルくんと話してたのって……。

「だとすれば、この間二人が話しているのを見た時に胸に湧き出た感情はもしかして……？　そう考えると、以前から……あぁ、そういうことだったのか」

あっ、やっぱり峰岸さんだ。

「今、唐突に理解したよ」

「何を……？」

「キミと月本さんの間に『何か』があったと悟った時……正直に言うと、何があったのかなんとなくのところも察しているんだけどね。それに気付いた時に、妙な焦りのようなものを感じて……それで、こうして前言を翻してまでキミを勧誘しに来たらしい」

「……？」

何のお話してるんだろう……？

「私は、キミのプレイをまた近くで見たいと思ってる。また、キミの傍でプレイしたいと思ってる。また、キミと一緒に切磋琢磨したいと思ってる」

「だから、なんで俺なんだ……？」

……正直に言えば。私は、今でも峰岸さんにかなり嫉妬してる。

だって、私の知らないテルくんのことを沢山知っててズルい。

そんなの、言いがかりだってわかってるけど……まるで、私の居場所が取られちゃったみたいで。私に優しく接してくれる峰岸さんには申し訳なく思いつつも、醜い嫉妬の炎を消すことがずっと出来なかった。峰岸さんはそんな私に気を使って、「私と天野の間にあるのは決して恋愛感情なんかじゃないよ」ってハッキリ断言してくれてるのにね。

「ごめん」

……だけど。

「一つ、訂正させてほしい。私は、自分でも知らないうちに嘘を吐いていたみたいだ」

テルくんは、ハッキリ言ってくれたもんね。

「私は、好きなんだ」

「いやまぁ峰岸がバスケ好きなのは今更言われるまでもなく知ってるけど、それの何が嘘を吐いてたってことに繋がるんだ……？」

「違うよ」

私のことが、好きだって。

「キミのことが、好きなんだ」

そう、こんな風にハッキリと。

だから、もう峰岸さんに嫉妬する必要なんて…………………んんっ？

あれ、何かの聞き違いだよね……？

なんか今、峰岸さんがテルくんに告白したみたいに聞こえたような……？

「ずっと、私はこの気持ちを友情だと思っていたけれど……どうやら、違ったみたい」

いやいや、まさかそんな……。

「キミとの繋がりを失いたくないと……より強く繋がっていたいと願うこの想いは。他の誰でもない、キミにだけ抱くこの感情は」

まさか……。

「恋、と呼ばれるものらしい」

そんな……。

「私は、天野照彦のことが好き」
はー、なるほどね？　そこまでハッキリ言われちゃ誤解の余地もないよね。
峰岸さんは、天野照彦のことが好きだと。それも、恋愛的な意味で。
つまりは、テルくんのことが……んんっ？
『へ？』
私の間抜けな声と、ほとんど同じ響きのテルくんの声が重なった。
いや、だって……峰岸さんが？
テルくんの、ことを？
そ、そ、そんなの……。
「は、はいぃいいいいいいいいいいいいいいいいいいい!?」
聞いてたのと違うんですけどぉ!?

あとがき

どうも、はむばねです。

初めましての方は初めまして、そうでない方はお久しぶりでございます。

どちらの皆様も、本作を手にとっていただきまして誠にありがとうございます。


さて。

新シリーズ第一巻のあとがきを書く時は、いつも書く内容に迷います。

あまりガッツリとストーリーに触れてしまうと、あとがきから読む派の皆さんに申し訳ないですし。かといって、作品と全然関係ないこと書くのもなんか違うよなぁと。

いい感じの制作秘話でもあれば良いのかもしれませんが、そうそう都合よく（あとがきに書けるものが）あるとも限りませんからね……。

なので、とりあえずヒロインの話でもしましょうか。

本作のメインヒロインである、月本六華《つきもとりっか》。この子は、書いていてとても楽しかったですね。大学時代、私の小説を読んだ研究室の後輩に「はむばねさんって元気系ヒロインが好きなんですか？」と聞かれて、「え……？　どうだろう……」とその時は答えに迷ったのですけれど。なるほど今になって思えば、元気系ヒロインが好きなのかもしれません。もっとも、同じく峯岸《みねぎし》紗霧《さぎり》についても書いていて楽しかったのですけれど。まぁでも、この子も大別すれば元気系ですからね……たぶん。いや、このレベルで大別していくと元気系じゃないヒロインの方が少なくなる気もしますが……。

閑話休題。そんな元気な（？）二人と、悩める主人公・天野《あまの》照彦《てるひこ》がメインでお送り致します本作。お楽しみいただけましたら幸いでございます。

……結局、言うほどヒロインの話もしてないな？


と、なんかフワッフワしたことを書いているうちに紙面も圧迫されて参りましたので。

以下、謝辞に入らせていただきます。

イラストをご担当いただきました、ねぶそく様。それぞれのキャラにバッチリ合ったキュートなイラストで本作を彩《いろど》っていただきまして、誠にありがとうございました。

担当S様、これまで大変お世話になりました。本作の途中で担当交代となってしまいましたが、今までにいただいた様々なアドバイス、引き続き作品作りに活《い》かして参ります。

新担当M様、本作の制作にご尽力いただきまして誠にありがとうございます。色々ご意見いただけましたおかげで、より良い作品に仕上げることが出来ました。

以前より応援いただいております皆様にも、厚く御礼申し上げます。皆様のお声が、日々創作への原動力になっております。

お世話になりました方全てのお名前を列挙するわけにも参らず恐縮ではございますが、本作の出版に携わっていただきました皆様、普段から支えてくださっている皆様、そして本作を手にとっていただきました皆様、全員に心よりの感謝を。

それでは、またお会いできることを切に願いつつ。

今回は、これにて失礼させていただきます。

お便りはこちらまで

〒一〇二－八一七七
ファンタジア文庫編集部気付
はむばね（様）宛
ねぶそく（様）宛